Sommaire

Prosper Mérimée

Les Âmes du purgatoire

Jules Barbey d'Aurevilly

Le Plus Bel Amour de Don Juan

Deux réécritures de Don Juan

Dossier et notes réalisés par
Philippe Delpeuch

Lecture d'image par
Juliette Bertron

folioplus
classiques

Agrégé de lettres modernes, **Philippe Delpeuch** est professeur de français au lycée Les Pierres Vives de Carrières-sur-Seine. Intéressé tout particulièrement par la littérature du XIXe siècle, il a notamment composé les dossiers du *Comte de Monte-Cristo*, des *Misérables*, de *L'Homme qui rit*, de *Trois histoires fantastiques du XIXe siècle*, de *La Parure* et du *Capitaine Fracasse*, pour la collection « Folio Junior Textes Classiques » chez Gallimard Jeunesse.

Agrégée d'arts plastiques et docteur en histoire de l'art, **Juliette Bertron** est spécialiste de la parodie dans l'art du XXe siècle et l'art actuel.

Les Âmes du purgatoire
Le Plus Bel Amour de Don Juan
Deux réécritures de Don Juan

Les Âmes du purgatoire

1834

Cicéron dit quelque part, c'est, je crois, dans son traité *De la nature des dieux*, qu'il y a eu plusieurs Jupiters, — un Jupiter en Crète, — un autre à Olympie, — un autre ailleurs ; — si bien qu'il n'y a pas une ville de Grèce un peu célèbre qui n'ait eu son Jupiter à elle. De tous ces Jupiters on en a fait un seul à qui l'on a attribué toutes les aventures de chacun de ses homonymes. C'est ce qui explique la prodigieuse quantité de bonnes fortunes qu'on prête à ce dieu.

La même confusion est arrivée à l'égard de don Juan, personnage qui approche de bien près de la célébrité de Jupiter. Séville seule a possédé plusieurs don Juans ; mainte autre ville cite le sien. Chacun avait autrefois sa légende séparée. Avec le temps, toutes se sont fondues en une seule.

Pourtant, en y regardant de près, il est facile de faire la part de chacun, ou du moins de distinguer deux de ces héros, savoir : don Juan Tenorio, qui, comme chacun sait, a été emporté par une statue de pierre ; et don Juan de Maraña[1], dont la fin a été toute différente.

On conte de la même manière la vie de l'un et de l'autre : le dénouement seul les distingue. Il y en a pour tous les

1. Son vrai nom est Miguel de Mañara (1627-1679).

goûts, comme dans les pièces de Ducis[1], qui finissent bien ou mal, suivant la sensibilité des lecteurs.

Quant à la vérité de cette histoire ou de ces deux histoires, elle est incontestable, et on offenserait grandement le patriotisme provincial des Sévillans si l'on révoquait en doute l'existence de ces garnements qui ont rendu suspecte la généalogie de leurs plus nobles familles. On montre aux étrangers la maison de don Juan Tenorio, et tout homme, ami des arts, n'a pu passer à Séville sans visiter l'église de la Charité[2]. Il y aura vu le tombeau du chevalier de Maraña avec cette inscription dictée par son humilité, ou si l'on veut par son orgueil : *Aqui yace el peor hombre que fué en el mundo*[3]. Le moyen de douter après cela ? Il est vrai qu'après vous avoir conduit à ces deux monuments, votre cicerone[4] vous racontera encore comment don Juan (on ne sait lequel) fit des propositions étranges à la Giralda, cette figure de bronze qui surmonte la tour moresque de la cathédrale, et comment la Giralda les accepta ; — comment don Juan, se promenant, chaud de vin, sur la rive gauche du Guadalquivir, demanda du feu à un homme qui passait sur la rive droite en fumant un cigare, et comment le bras du fumeur (qui n'était autre que le diable en personne) s'allongea tant et tant qu'il traversa le fleuve et vint présenter son cigare à don Juan, lequel alluma le sien sans sourciller et sans profiter de l'avertissement tant il était endurci...

J'ai tâché de faire à chaque don Juan la part qui lui revient dans leur fonds commun de méchancetés et de crimes. Faute de meilleure méthode, je me suis appliqué à ne conter

1. Jean-François Ducis (1733-1816), dramaturge qui adapta au goût français de l'époque plusieurs pièces de Shakespeare.
2. Église de l'hôpital de la Sainte-Charité, que fit construire à Séville Miguel de Mañara.
3. « Ici repose le pire homme qui fut au monde. »
4. Guide.

de don Juan de Maraña, mon héros, que des aventures qui n'appartinssent pas par droit de prescription à don Juan Tenorio, si connu parmi nous par les chefs-d'œuvre de Molière et de Mozart.

Le comte don Carlos de Maraña était l'un des seigneurs les plus riches et les plus considérés qu'il y eût à Séville. Sa naissance était illustre, et, dans la guerre contre les Morisques[1] révoltés, il avait prouvé qu'il n'avait pas dégénéré du courage de ses aïeux. Après la soumission des Alpuxarres[2], il revint à Séville avec une balafre sur le front et un grand nombre d'enfants pris sur les infidèles, qu'il prit soin de faire baptiser et qu'il vendit avantageusement dans des maisons chrétiennes. Ses blessures, qui ne le défiguraient point, ne l'empêchèrent pas de plaire à une demoiselle de bonne maison, qui lui donna la préférence sur un grand nombre de prétendants à sa main. De ce mariage naquirent d'abord plusieurs filles, dont les unes se marièrent par la suite, et les autres entrèrent en religion. Don Carlos de Maraña se désespérait de n'avoir pas d'héritier[3] de son nom, lorsque la naissance d'un fils vint le combler de joie et lui fit espérer que son antique majorat[4] ne passerait pas à une ligne collatérale.

Don Juan, ce fils tant désiré, et le héros de cette véridique histoire, fut gâté par son père et par sa mère, comme devait

---

1. Descendants des Maures musulmans, convertis de force au catholicisme par le pouvoir royal espagnol. Ils se révoltèrent durant la deuxième moitié du XVIe siècle.

2. Habitants des Alpujarras, région montagneuse de l'Andalousie, où se déroula un soulèvement de la population morisque entre 1568 et 1571.

3. De même, le père de Dom Juan, dans la pièce de Molière, reconnaît avoir « souhaité un fils avec des ardeurs non pareilles » et fatigué le Ciel de ses vœux (Acte IV, scène 4).

4. Bien attaché à un titre de noblesse et transmis au fils aîné.

l'être l'unique héritier d'un grand nom et d'une grande fortune. Tout enfant, il était maître à peu près absolu de ses actions, et dans le palais de son père personne n'aurait eu la hardiesse de le contrarier. Seulement, sa mère voulait qu'il fût dévot comme elle, son père voulait que son fils fût brave comme lui. Celle-ci, à force de caresses et de friandises, obligeait l'enfant à apprendre les litanies, les rosaires, enfin toutes les prières obligatoires et non obligatoires. Elle l'endormait en lui lisant la légende. D'un autre côté, le père apprenait à son fils les romances du Cid et de Bernard del Carpio[1], lui contait la révolte des Morisques, et l'encourageait à s'exercer toute la journée à lancer le javelot, à tirer de l'arbalète ou même de l'arquebuse contre un mannequin vêtu en Maure qu'il avait fait fabriquer au bout de son jardin.

Il y avait dans l'oratoire de la comtesse de Maraña un tableau dans le style dur et sec de Moralès[2], qui représentait les tourments du purgatoire. Tous les genres de supplices dont le peintre avait pu s'aviser s'y trouvaient représentés avec tant d'exactitude, que le tortionnaire de l'Inquisition[3] n'y aurait rien trouvé à reprendre. Les âmes en purgatoire étaient dans une espèce de grande caverne au haut de laquelle on voyait un soupirail. Placé sur le bord de cette ouverture, un ange tendait la main à une âme qui sortait du séjour de douleurs, tandis qu'à côté de lui un homme âgé, tenant un chapelet dans ses mains jointes, paraissait prier avec beaucoup de ferveur. Cet homme, c'était le donataire du tableau, qui l'avait fait faire pour une église de Huescar[4].

---

1. Ces « romances » sont inspirées de deux héros nationaux. L'un, le Cid, a lutté contre les Musulmans au XIIe siècle ; l'autre, figure légendaire, aurait combattu les Francs au temps de Charlemagne.
2. Peintre espagnol (1509-1586).
3. Tribunal créé par l'Église catholique pour combattre l'hérésie.
4. Mérimée écrit « Huesca », ville du nord de l'Espagne. Il est plutôt question ici de Huescar, dans la province de Grenade.

Dans leur révolte, les Morisques mirent le feu à la ville ; l'église fut détruite ; mais, par miracle, le tableau fut conservé. Le comte de Maraña l'avait rapporté et en avait décoré l'oratoire[1] de sa femme. D'ordinaire, le petit Juan, toutes les fois qu'il entrait chez sa mère, demeurait longtemps immobile en contemplation devant ce tableau, qui l'effrayait et le captivait à la fois. Surtout il ne pouvait détacher ses yeux d'un homme dont un serpent paraissait ronger les entrailles pendant qu'il était suspendu au-dessus d'un brasier ardent au moyen d'hameçons de fer qui l'accrochaient par les côtes. Tournant les yeux avec anxiété du côté du soupirail, le patient semblait demander au donataire des prières qui l'arrachassent à tant de souffrances. La comtesse ne manquait jamais d'expliquer à son fils que ce malheureux subissait ce supplice parce qu'il n'avait pas bien su son catéchisme, parce qu'il s'était moqué d'un prêtre, ou qu'il avait été distrait à l'église. L'âme qui s'envolait vers le paradis, c'était l'âme d'un parent de la famille de Maraña, qui avait sans doute quelques peccadilles à se reprocher ; mais le comte de Maraña avait prié pour lui, il avait beaucoup donné au clergé pour le racheter du feu et des tourments, et il avait eu la satisfaction d'envoyer au paradis l'âme de son parent sans lui laisser le temps de beaucoup s'ennuyer en purgatoire. « Pourtant, Juanito, ajoutait la comtesse, je souffrirai peut-être un jour comme cela, et je resterais des millions d'années en purgatoire si tu ne pensais pas à faire dire des messes pour m'en tirer ! comme il serait mal de laisser dans la peine la mère qui t'a nourri ! » Alors l'enfant pleurait ; et s'il avait quelques réaux dans sa poche, il s'empressait de les donner au premier quêteur qu'il rencontrait porteur d'une tirelire pour les âmes du purgatoire.

S'il entrait dans le cabinet de son père, il voyait des cui-

1. Pièce aménagée pour la prière.

rasses faussées par des balles d'arquebuse, un casque que le comte de Maraña portait à l'assaut d'Almería[1] et qui gardait l'empreinte du tranchant d'une hache musulmane ; des lances, des sabres mauresques, des étendards pris sur les infidèles décoraient cet appartement.

« Ce cimeterre, disait le comte, je l'ai enlevé au cadi de Vejer[2], qui m'en frappa trois fois avant que je lui ôtasse la vie. — Cet étendard était porté par les rebelles de la montagne d'Elvire. Ils venaient de saccager un village chrétien ; j'accourus avec vingt cavaliers. Quatre fois j'essayai de pénétrer au milieu de leur bataillon pour enlever cet étendard ; quatre fois je fus repoussé. À la cinquième, je fis le signe de la croix ; je criai : "Saint Jacques !" et j'enfonçai les rangs de ces païens. — Et vois-tu ce calice d'or que je porte dans mes armes ? Un alfaqui[3] des Morisques l'avait volé dans une église, où il avait commis mille horreurs. Ses chevaux avaient mangé de l'orge sur l'autel, et ses soldats avaient dispersé les ossements des saints. L'alfaqui se servait de ce calice pour boire du sorbet à la neige. Je le surpris dans sa tente comme il portait à ses lèvres le vase sacré. Avant qu'il eût dit : "Allah !" pendant que le breuvage était encore dans sa gorge, de cette bonne épée je frappai la tête rasée de ce chien, et la lame y entra jusqu'aux dents. Pour rappeler cette sainte vengeance, le roi m'a permis de porter un calice d'or dans mes armes. Je te dis cela, Juanito, pour que tu le racontes à tes enfants et qu'ils sachent pourquoi tes armes ne sont pas exactement celles de ton grand-père, don Diego, que tu vois peintes au-dessous de son portrait. »

Partagé entre la guerre et la dévotion, l'enfant passait ses

1. Port repris aux Musulmans par les rois catholiques en 1489.

2. Le cadi est un magistrat musulman. Vejer est une ville de la province de Cadix en Andalousie.

3. Docteur de la loi musulmane.

journées à fabriquer de petites croix avec des lattes, ou bien, armé d'un sabre de bois, à s'escrimer dans le potager contre des citrouilles de Rota, dont la forme ressemblait beaucoup, suivant lui, à des têtes de Maures couvertes de leurs turbans.

À dix-huit ans, don Juan expliquait assez mal le latin, servait fort bien la messe, et maniait la rapière, ou l'épée à deux mains, mieux que ne faisait le Cid. Son père, jugeant qu'un gentilhomme de la maison de Maraña devait encore acquérir d'autres talents, résolut de l'envoyer à Salamanque. Les apprêts du voyage furent bientôt faits. Sa mère lui donna force chapelets, scapulaires[1] et médailles bénites. Elle lui apprit aussi plusieurs oraisons d'un grand secours dans une foule de circonstances de la vie. Don Carlos lui donna une épée dont la poignée, damasquinée d'argent, était ornée des armes de sa famille ; il lui dit : « Jusqu'à présent tu n'as vécu qu'avec des enfants ; tu vas maintenant vivre avec des hommes. Souviens-toi que le bien le plus précieux d'un gentilhomme, c'est son honneur ; et ton honneur, c'est celui des Maraña. Périsse le dernier rejeton de notre maisons plutôt qu'une tache soit faite à son honneur ! Prends cette épée ; elle te défendra si l'on t'attaque. Ne sois jamais le premier à la tirer ; mais rappelle-toi que tes ancêtres n'ont jamais remis la leur dans le fourreau que lorsqu'ils étaient vainqueurs et vengés. » Ainsi muni d'armes spirituelles et temporelles, le descendant des Maraña monta à cheval et quitta la demeure de ses pères.

L'université de Salamanque était alors dans toute sa gloire. Ses étudiants n'avaient jamais été plus nombreux, ses professeurs plus doctes ; mais aussi jamais les bourgeois n'avaient eu tant à souffrir des insolences de la jeunesse indisciplinée qui demeurait, ou plutôt régnait dans leur ville.

1. Petits objets de dévotion qui se portent pendus autour du cou.

Les sérénades, les charivaris[1], toute espèce de tapage nocturne, tel était leur train de vie ordinaire, dont la monotonie était de temps en temps diversifiée par des enlèvements de femmes ou de filles, par des vols ou des bastonnades. Don Juan, arrivé à Salamanque, passa quelques jours à remettre des lettres de recommandation aux amis de son père, à visiter ses professeurs, à parcourir les églises, et à se faire montrer les reliques qu'elles renfermaient. D'après la volonté de son père, il remit à un des professeurs une somme assez considérable pour être distribuée entre les étudiants pauvres. Cette libéralité eut le plus grand succès, et lui valut aussitôt de nombreux amis.

Don Juan avait un grand désir d'apprendre. Il se proposait bien d'écouter comme paroles d'Évangile tout ce qui sortirait de la bouche de ses professeurs ; et pour n'en rien perdre, il voulut se placer aussi près que possible de la chaire. Lorsqu'il entra dans la salle où devait se faire la leçon, il vit qu'une place était vide aussi près du professeur qu'il eût pu le désirer. Il s'y assit. Un étudiant sale, mal peigné, vêtu de haillons, comme il y en a tant dans les universités, détourna un instant les yeux de son livre pour les porter sur don Juan avec un air d'étonnement stupide. « Vous vous mettez à cette place, dit-il d'un ton presque effrayé ; ignorez-vous que c'est là que s'assied d'ordinaire don Garcia Navarro ? »

Don Juan répondit qu'il avait toujours entendu dire que les places appartenaient au premier occupant, et que, trouvant celle-là vide, il croyait pouvoir la prendre, surtout si le seigneur don Garcia n'avait pas chargé son voisin de la lui garder.

« Vous êtes étranger, ici, à ce que je vois, dit l'étudiant, et

1. Rituels collectifs consistant en un cortège de gens faisant du tapage avec des objets divers.

arrivé depuis bien peu de temps, puisque vous ne connaissez pas don Garcia. Sachez donc que c'est un des hommes les plus… » Ici l'étudiant baissa la voix et parut éprouver la crainte d'être entendu des autres étudiants. « Don Garcia est un homme terrible. Malheur à qui l'offense ! Il a la patience courte et l'épée longue ; et soyez sûr que, si quelqu'un s'assied à une place où don Garcia s'est assis deux fois, c'en est assez pour qu'une querelle s'ensuive, car il est fort chatouilleux et susceptible. Quand il querelle, il frappe, et quand il frappe, il tue. Or donc je vous ai averti : vous ferez ce qui vous semblera bon. »

Don Juan trouvait fort extraordinaire que ce don Garcia prétendît se réserver les meilleures places sans se donner la peine de les mériter par son exactitude. En même temps il voyait que plusieurs étudiants avaient les yeux fixés sur lui, et il sentait combien il serait mortifiant de quitter cette place après s'y être assis. D'un autre côté, il ne se souciait nullement d'avoir une querelle dès son arrivée, et surtout avec un homme aussi dangereux que paraissait l'être don Garcia. Il était dans cette perplexité, ne sachant à quoi se déterminer et restant toujours machinalement à la même place, lorsqu'un étudiant entra et s'avança droit vers lui. « Voici don Garcia », lui dit son voisin.

Ce Garcia était un jeune homme large d'épaules, bien découplé, le teint hâlé, l'œil fier et la bouche méprisante. Il avait un pourpoint râpé, qui avait pu être noir, et un manteau troué ; par-dessus tout cela pendait une longue chaîne d'or. On sait que de tout temps les étudiants de Salamanque et des autres universités d'Espagne ont mis une espèce de point d'honneur à paraître déguenillés, voulant probablement montrer par là que le véritable mérite sait se passer des ornements empruntés à la fortune.

Don Garcia s'approcha du banc où don Juan était encore assis, et le saluant avec beaucoup de courtoisie : « Seigneur étudiant, dit-il, vous êtes nouveau venu parmi nous ; pourtant votre nom m'est bien connu. Nos pères ont été grands amis, et, si vous voulez bien le permettre, leurs fils ne le seront pas moins. » En parlant ainsi il tendait la main à don Juan de l'air le plus cordial. Don Juan, qui s'attendait à un tout autre début, reçut avec beaucoup d'empressement les politesses de don Garcia et lui répondit qu'il se tiendrait pour très honoré de l'amitié d'un cavalier tel que lui.

« Vous ne connaissez point encore Salamanque, poursuivit don Garcia ; si vous voulez bien m'accepter pour votre guide, je serai charmé de vous faire tout voir, depuis le cèdre jusqu'à l'hysope[1], dans le pays où vous allez vivre. » Ensuite s'adressant à l'étudiant assis à côté de don Juan : « Allons, Périco, tire-toi de là. Crois-tu qu'un butor comme toi doive faire compagnie au seigneur don Juan de Maraña ? » En parlant ainsi, il le poussa rudement et se mit à sa place, que l'étudiant se hâta d'abandonner.

Lorsque la leçon fut finie, don Garcia donna son adresse à son nouvel ami et lui fit promettre de venir le voir. Puis, l'ayant salué de la main d'un air gracieux et familier, il sortit en se drapant avec grâce de son manteau troué comme une écumoire.

Don Juan, tenant ses livres sous son bras, s'était arrêté dans une galerie du collège pour examiner les vieilles inscriptions qui couvraient les murs, lorsqu'il s'aperçut que l'étudiant qui lui avait d'abord parlé s'approchait de lui comme s'il voulait examiner les mêmes objets. Don Juan, après lui avoir fait une inclination de tête pour lui montrer qu'il le reconnaissait, se disposait à sortir, mais l'étudiant l'arrêta par son manteau. « Seigneur don Juan, dit-il, si rien ne vous presse, seriez-vous assez bon pour m'accorder un

1. Expression d'origine biblique dont la signification est « du plus important au plus insignifiant ». L'hysope est une plante aromatique.

moment d'entretien ? — Volontiers, répondit don Juan, et il s'appuya contre un pilier, je vous écoute. »

Périco regarda de tous côtés d'un air d'inquiétude, comme s'il craignait d'être observé, et se rapprocha de don Juan pour lui parler à l'oreille, ce qui paraissait une précaution inutile, car il n'y avait personne qu'eux dans la vaste galerie gothique où ils se trouvaient. Après un moment de silence : « Pourriez-vous me dire, seigneur don Juan, demanda l'étudiant d'une voix basse et presque tremblante, pourriez-vous me dire si votre père a réellement connu le père de don Garcia Navarro ? »

Don Juan fit un mouvement de surprise. « Vous avez entendu don Garcia le dire à l'instant même.

— Oui, répondit l'étudiant, baissant encore plus la voix ; mais enfin avez-vous jamais entendu dire à votre père qu'il connût le seigneur Navarro ?

— Oui sans doute, et il était avec lui à la guerre contre les Morisques.

— Fort bien ; mais avez-vous entendu dire de ce gentilhomme qu'il eût… un fils ?

— En vérité, je n'ai jamais fait beaucoup d'attention à ce que mon père pouvait en dire… Mais à quoi bon ces questions ? Don Garcia n'est-il pas le fils du seigneur Navarro ?… Serait-il bâtard ?

— J'atteste le ciel que je n'ai rien dit de semblable, s'écria l'étudiant effrayé en regardant derrière le pilier contre lequel s'appuyait don Juan ; je voulais vous demander seulement si vous n'aviez pas connaissance d'une histoire étrange que bien des gens racontent sur ce don Garcia ?

— Je n'en sais pas un mot.

— On dit…, remarquez bien que je ne fais que répéter ce que j'ai entendu dire,… on dit que don Diego Navarro avait un fils qui, à l'âge de six ou sept ans, tomba malade d'une maladie grave et si étrange que les médecins ne savaient quel remède y apporter. Sur quoi le père, qui n'avait pas d'autre enfant, envoya de nombreuses offrandes à plusieurs chapelles, fit toucher des reliques au malade, le tout en vain. Désespéré, il dit un jour, m'a-t-on assuré..., il dit un jour en regardant une image de saint Michel[1] : "Puisque tu ne peux pas sauver mon fils, je veux voir si celui qui est là sous tes pieds n'aura pas plus de pouvoir."

— C'était un blasphème abominable ! s'écria don Juan, scandalisé au dernier point.

— Peu après l'enfant guérit..., et cet enfant..., c'est don Garcia !

— Si bien que don Garcia a le diable au corps depuis ce temps-là, dit en éclatant de rire don Garcia, qui se montra au même instant et qui paraissait avoir écouté cette conversation caché derrière un pilier voisin. — En vérité, Périco, dit-il d'un ton froid et méprisant à l'étudiant stupéfait, si vous n'étiez pas un poltron, je vous ferais repentir de l'audace que vous avez eue de parler de moi. — Seigneur don Juan, poursuivit-il en s'adressant à Maraña, quand vous nous connaîtrez mieux, vous ne perdrez pas votre temps à écouter ce bavard. Et tenez, pour vous prouver que je ne suis pas un méchant diable, faites-moi l'honneur de m'accompagner de ce pas à l'église de Saint-Pierre ; lorsque nous y aurons fait nos dévotions, je vous demanderai la permission de vous faire faire un mauvais dîner avec quelques camarades. »

En parlant ainsi, il prenait le bras de don Juan, qui, honteux d'avoir été surpris à écouter l'étrange histoire de Périco, se hâta d'accepter l'offre de son nouvel ami pour lui prouver le peu de cas qu'il faisait des médisances qu'il venait d'entendre.

---

1. Saint Michel est généralement représenté terrassant le dragon, c'est-à-dire le diable.

En entrant dans l'église de Saint-Pierre, don Juan et don Garcia s'agenouillèrent devant une chapelle autour de laquelle il y avait un grand concours de fidèles. Don Juan fit sa prière à voix basse ; et, bien qu'il demeurât un temps convenable dans cette pieuse occupation, il trouva, lorsqu'il releva la tête, que son camarade paraissait encore plongé dans une extase dévote : il remuait doucement les lèvres ; on eût dit qu'il n'était pas à la moitié de ses méditations. Un peu honteux d'avoir sitôt fini, il se mit à réciter tout bas les litanies qui lui revinrent en mémoire. Les litanies dépêchées, don Garcia ne bougeait pas davantage. Don Juan expédia encore avec distraction quelques menus suffrages[1] ; puis, voyant son camarade toujours immobile, il crut pouvoir regarder un peu autour de lui pour passer le temps et attendre la fin de cette éternelle oraison. Trois femmes agenouillées sur des tapis de Turquie attirèrent son attention tout d'abord. L'une, à son âge, à ses lunettes et à l'ampleur vénérable de ses coiffes, ne pouvait être autre qu'une duègne[2]. Les deux autres étaient jeunes et jolies, et ne tenaient pas leurs yeux tellement baissés sur leurs chapelets qu'on ne pût voir qu'ils étaient grands, vifs et bien fendus. Don Juan éprouva beaucoup de plaisir à regarder l'une d'elles, plus de plaisir même qu'il n'aurait dû en avoir dans un saint lieu. Oubliant la prière de son camarade, il le tira par la manche et lui demanda tout bas quelle était cette demoiselle qui tenait un chapelet d'ambre jaune.

« C'est, répondit Garcia sans paraître scandalisé de son interruption, c'est doña Teresa de Ojeda ; et celle-ci, c'est doña Fausta, sa sœur aînée, toutes les deux filles d'un auditeur au conseil de Castille. Je suis amoureux de l'aînée ;

1. Courtes prières.
2. Femme âgée, chargée de veiller sur la conduite d'une jeune personne.

tâchez de le devenir de la cadette. Tenez, ajouta-t-il, elles se lèvent et vont sortir de l'église ; hâtons-nous, afin de les voir monter en voiture ; peut-être que le vent soulèvera leurs basquines et que nous apercevrons une jolie jambe ou deux. »

Don Juan était tellement ému par la beauté de doña Teresa, que, sans faire attention à l'indécence de ce langage, il suivit don Garcia jusqu'à la porte de l'église, et vit les deux nobles demoiselles monter dans leur carrosse et quitter la place de l'église pour entrer dans une des rues les plus fréquentées. Lorsqu'elles furent parties, don Garcia, enfonçant son chapeau de travers sur sa tête, s'écria gaiement :

« Voilà de charmantes filles ! Je veux que le diable m'emporte si l'aînée n'est pas à moi avant qu'il soit dix jours ! Et vous, avez-vous avancé vos affaires avec la cadette ?

— Comment ! avancé mes affaires ? répondit don Juan d'un air naïf, mais voilà la première fois que je la vois !

— Bonne raison, vraiment ! s'écria don Garcia. Croyez-vous qu'il y ait beaucoup plus longtemps que je connais la Fausta ? Aujourd'hui pourtant je lui ai remis un billet qu'elle a fort bien pris.

— Un billet ? Mais je ne vous ai pas vu écrire !

— J'en ai toujours de tout écrits sur moi, et, pourvu qu'on n'y mette pas de nom, ils peuvent servir pour toutes. Ayez seulement l'attention de ne pas employer d'épithètes compromettantes sur la couleur des yeux ou des cheveux. Quant aux soupirs, aux larmes et aux alarmes, brunes ou blondes, filles ou femmes, les prendront également en bonne part. »

Tout en causant de la sorte, don Garcia et don Juan se trouvèrent à la porte de la maison où le dîner les attendait. C'était chère d'étudiants, plus copieuse qu'élégante et variée : force ragoûts épicés, viandes salées, toutes choses provoquant à la soif. D'ailleurs il y avait abondance de vins de la

Manche et d'Andalousie. Quelques étudiants, amis de don Garcia, attendaient son arrivée. On se mit immédiatement à table, et pendant quelque temps on n'entendit d'autre bruit que celui des mâchoires et des verres heurtant les flacons. Bientôt, le vin mettant les convives en belle humeur, la conversation commença et devint des plus bruyantes. Il ne fut question que de duels, d'amourettes et de tours d'écoliers. L'un racontait comment il avait dupé son hôtesse en déménageant la veille du jour qu'il devait payer son loyer. L'autre avait envoyé demander chez un marchand de vin quelques jarres de *valdepeñas*[1] de la part d'un des plus graves professeurs de théologie, et il avait eu l'adresse de détourner les jarres, laissant le professeur payer le mémoire, s'il voulait. Celui-ci avait battu le guet ; celui-là, au moyen d'une échelle de corde, était entré chez sa maîtresse malgré les précautions d'un jaloux. D'abord don Juan écoutait avec une espèce de consternation le récit de tous ces désordres. Peu à peu, le vin qu'il buvait et la gaieté des convives désarmèrent sa pruderie. Les histoires que l'on racontait le firent rire, et même il en vint à envier la réputation que donnaient à quelques-uns leurs tours d'adresse ou d'escroquerie. Il commença à oublier les sages principes qu'il avait apportés à l'université, pour admirer la règle de conduite des étudiants ; règle simple et facile à suivre, qui consiste à tout se permettre envers les *pillos*[2], c'est-à-dire toute la partie de l'espèce humaine qui n'est pas immatriculée sur les registres de l'université. L'étudiant au milieu des *pillos* est en pays ennemi, et il a le droit d'agir à leur égard comme les Hébreux à l'égard des Cananéens[3]. Seulement M. le corrégidor[4] ayant

1. Valdepeñas est une ville de la province espagnole de la Manche, célèbre pour ses vins rouges.
2. Terme familier signifiant « marauds », « coquins ».
3. Habitants de Chanaan, région conquise par les Hébreux.
4. Fonctionnaire représentant du pouvoir royal.

malheureusement peu de respect pour les saintes lois de l'université, et ne cherchant que l'occasion de nuire à ses initiés, ils doivent être unis comme frères, s'entraider et surtout se garder un secret inviolable.

Cette édifiante conversation dura aussi longtemps que les bouteilles. Lorsqu'elles furent vides, toutes les judiciaires[1] étaient singulièrement embrouillées, et chacun éprouvait une violente envie de dormir. Le soleil étant encore dans toute sa force, on se sépara pour aller faire la sieste ; mais don Juan accepta un lit chez don Garcia. Il ne se fut pas plus tôt étendu sur un matelas de cuir, que la fatigue et les fumées du vin le plongèrent dans un profond sommeil. Pendant longtemps ses rêves furent si bizarres et si confus qu'il n'éprouvait d'autre sentiment que celui d'un malaise vague, sans avoir la perception d'une image ou d'une idée qui pût en être la cause. Peu à peu il commença à voir plus clair dans son rêve, si l'on peut s'exprimer ainsi, et il songea avec suite. Il lui semblait qu'il était dans une barque sur un grand fleuve plus large et plus troublé qu'il n'avait jamais vu le Guadalquivir en hiver. Il n'y avait ni voiles, ni rames, ni gouvernail, et la rive du fleuve était déserte. La barque était tellement ballottée par le courant, qu'au malaise qu'il éprouvait il se crut à l'embouchure du Guadalquivir, au moment où les badauds de Séville qui vont à Cadix commencent à ressentir les premières atteintes du mal de mer. Bientôt il se trouva dans une partie de la rivière beaucoup plus resserrée, en sorte qu'il pouvait facilement voir et même se faire entendre sur les deux bords. Alors parurent en même temps, sur les deux rives, deux figures lumineuses qui s'approchèrent, chacune de son côté, comme pour lui porter secours. Il tourna d'abord la tête à droite, et vit un vieillard d'une figure grave et austère, pieds nus, n'ayant pour vêtement

1. Facultés de jugement.

qu'un sayon[1] épineux. Il semblait tendre la main à don Juan. À gauche, où il regarda ensuite, il vit une femme, d'une taille élevée et de la figure la plus noble et la plus attrayante, tenant à la main une couronne de fleurs qu'elle lui présentait. En même temps il remarqua que sa barque se dirigeait à son gré, sans rames, mais par le seul fait de sa volonté. Il allait prendre terre du côté de la femme, lorsqu'un cri, parti de la rive droite, lui fit tourner la tête et se rapprocher de ce côté. Le vieillard avait l'air encore plus austère qu'auparavant. Tout ce que l'on voyait de son corps était couvert de meurtrissures, livide et teint de sang caillé. D'une main il tenait une couronne d'épines, de l'autre un fouet garni de pointes de fer. À ce spectacle, don Juan fut saisi d'horreur ; il revint bien vite à la rive gauche. L'apparition qui l'avait tant charmé s'y trouvait encore ; les cheveux de la femme flottaient au vent, ses yeux étaient animés d'un feu surnaturel, et au lieu de la couronne elle tenait en main une épée. Don Juan s'arrêta un instant avant de prendre terre, et alors, regardant avec plus d'attention, il s'aperçut que la lame de l'épée était rouge de sang, et que la main de la nymphe était rouge aussi. Épouvanté, il se réveilla en sursaut. En ouvrant les yeux, il ne put retenir un cri à la vue d'une épée nue qui brillait à deux pieds du lit. Mais ce n'était pas une belle nymphe qui tenait cette épée. Don Garcia allait réveiller son ami, et voyant auprès de son lit une épée d'un travail curieux, il l'examinait de l'air d'un connaisseur. Sur la lame était cette inscription : « Garde loyauté. » Et la poignée, comme nous l'avons déjà dit, portait les armes, le nom et la devise des Maraña.

« Vous avez là une belle épée, mon camarade, dit don Garcia. — Vous devez être reposé maintenant. — La nuit est venue, promenons-nous un peu ; et quand les honnêtes gens

1. Casaque d'étoffe grossière.

de cette ville seront rentrés chez eux, nous irons, s'il vous plaît, donner une sérénade à nos divinités ».

Don Juan et don Garcia se promenèrent quelque temps au bord de la Tormes[1], regardant passer les femmes qui venaient respirer le frais ou lorgner leurs amants. Peu à peu les promeneurs devinrent plus rares ; ils disparurent tout à fait.

« Voici le moment, dit don Garcia, voici le moment où la ville tout entière appartient aux étudiants. Les *pillos* n'oseraient nous troubler dans nos innocentes récréations. Quant au guet, si par aventure nous avions quelque démêlé avec lui, je n'ai pas besoin de vous dire que c'est une canaille qu'il ne faut pas ménager. Mais si les drôles étaient trop nombreux, et qu'il fallût jouer des jambes, n'ayez aucune inquiétude : je connais tous les détours, ne vous mettez en peine que de me suivre, et soyez sûr que tout ira bien. »

En parlant ainsi, il jeta son manteau sur son épaule gauche de manière à se couvrir la plus grande partie de la figure, mais à se laisser le bras droit libre. Don Juan en fit autant, et tous les deux se dirigèrent vers la rue qu'habitaient doña Fausta et sa sœur. En passant devant le porche d'une église, don Garcia siffla, et son page parut tenant une guitare à la main. Don Garcia la prit et le congédia.

« Je vois, dit don Juan en entrant dans la rue de Valladolid, je vois que vous voulez m'employer à protéger votre sérénade ; soyez sûr que je me conduirai de manière à mériter votre approbation. Je serais renié par Séville, ma patrie, si je ne savais pas garder une rue contre les fâcheux !

— Je ne prétends pas vous poser en sentinelle, répondit don Garcia. J'ai mes amours ici, mais vous y avez aussi les vôtres. À chacun son gibier. Chut ! voici la maison. Vous à cette jalousie, moi à celle-ci, et alerte ! »

---

1. Rivière traversant la ville de Salamanque.

Don Garcia, ayant accordé la guitare, se mit à chanter d'une voix assez agréable une romance où, comme à l'ordinaire, il était question de larmes, de soupirs et de tout ce qui s'ensuit. Je ne sais s'il en était l'auteur.

À la troisième ou quatrième séguidille[1], les jalousies de deux fenêtres se soulevèrent légèrement, et une petite toux se fit entendre. Cela voulait dire qu'on écoutait. Les musiciens, dit-on, ne jouent jamais lorsqu'on les en prie ou qu'on les écoute. Don Garcia déposa sa guitare sur une borne et entama la conversation à voix basse avec une des femmes qui l'écoutaient.

Don Juan, en levant les yeux, vit à la fenêtre au-dessus de lui une femme qui paraissait le considérer attentivement. Il ne doutait pas que ce ne fût la sœur de doña Fausta, que son goût et le choix de son ami lui donnaient pour dame de ses pensées. Mais il était timide encore, sans expérience, et il ne savait par où commencer. Tout à coup un mouchoir tomba de la fenêtre, et une petite voix douce s'écria : « Ah ! Jésus ! mon mouchoir est tombé ! » Don Juan le ramassa aussitôt, le plaça sur la pointe de son épée et le porta à la hauteur de la fenêtre. C'était un moyen d'entrer en matière. La voix commença par des remerciements, puis demanda si le seigneur cavalier qui avait tant de courtoisie n'avait pas été dans la matinée à l'église de Saint-Pierre. Don Juan répondit qu'il y était allé, et qu'il y avait perdu le repos. « Comment ? — En vous voyant. » La glace était brisée. Don Juan était de Séville, et savait par cœur toutes les romances morisques dont la langue amoureuse est si riche. Il ne pouvait manquer d'être éloquent. La conversation dura environ une heure. Enfin Teresa s'écria qu'elle entendait son père, et qu'il fallait se retirer. Les deux galants ne quittèrent

1. Chant et danse espagnole à mesure ternaire (forme plus répandue : *séguedille*).

la rue qu'après avoir vu deux petites mains blanches sortir de la jalousie et leur jeter à chacun une branche de jasmin. Don Juan alla se coucher la tête remplie d'images délicieuses. Pour don Garcia, il entra dans un cabaret où il passa la plus grande partie de la nuit.

Le lendemain, les soupirs et les sérénades recommencèrent. Il en fut de même les nuits suivantes. Après une résistance convenable, les deux dames consentirent à donner et à recevoir des boucles de cheveux, opération qui se fit au moyen d'un fil qui descendit, et rapporta les gages échangés. Don Garcia, qui n'était pas homme à se contenter de bagatelles, parla d'une échelle de corde ou bien de fausses clefs ; mais on le trouva hardi, et sa proposition fut sinon rejetée, du moins indéfiniment ajournée.

Depuis un mois à peu près, don Juan et don Garcia roucoulaient assez inutilement sous les fenêtres de leurs maîtresses. Par une nuit très sombre, ils étaient à leur faction ordinaire, et la conversation durait depuis quelque temps à la satisfaction de tous les interlocuteurs, lorsqu'à l'extrémité de la rue parurent sept à huit hommes en manteau, dont la moitié portait des instruments de musique.

« Juste ciel ! s'écria Teresa, voici don Cristoval qui vient nous donner une sérénade. Éloignez-vous pour l'amour de Dieu, ou il arrivera quelque malheur.

— Nous ne cédons à personne une si belle place », s'écria don Garcia ; et élevant la voix : « Cavalier, dit-il au premier qui s'avançait, la place est prise, et ces dames ne se soucient guère de votre musique ; donc, s'il vous plaît, cherchez fortune ailleurs.

— C'est un de ces faquins d'étudiants qui prétend nous empêcher de passer ! s'écria don Cristoval. Je vais lui apprendre ce qu'il en coûte pour s'adresser à mes amours ! » À ces mots, il met l'épée à la main. En même temps, celles de deux de ses compagnons brillèrent hors du fourreau. Don Garcia, avec une prestesse admirable, roulant son manteau autour de son bras, mit flamberge au vent[1], et s'écria : « À moi les étudiants ! » Mais il n'y en avait pas un seul aux environs. Les musiciens, craignant sans doute de voir leurs instruments brisés dans la bagarre, prirent la fuite en appelant la justice, pendant que les deux femmes à la fenêtre invoquaient à leur aide tous les saints du paradis.

Don Juan, qui se trouvait au-dessous de la fenêtre la plus proche de don Cristoval, eut d'abord à se défendre contre lui. Son adversaire était adroit, et, en outre, il avait à la main gauche une targe[2] de fer dont il se servait pour parer, tandis que don Juan n'avait que son épée et son manteau. Vivement pressé par don Cristoval, il se rappela fort à propos une botte du seigneur Uberti, son maître d'armes. Il se laissa tomber sur sa main gauche, et de la droite, glissant son épée sous la targe de don Cristoval, il la lui enfonça au défaut des côtes avec tant de force que le fer se brisa après avoir pénétré de la longueur d'une palme. Don Cristoval poussa un cri et tomba baigné dans son sang. Pendant cette opération, qui dura moins à faire qu'à raconter, don Garcia se défendait avec succès contre ses deux adversaires, qui n'eurent pas plutôt vu leur chef sur le carreau qu'ils prirent la fuite à toutes jambes.

« Sauvons-nous maintenant, dit don Garcia ; ce n'est pas le moment de s'amuser. Adieu, mes belles ! » Et il entraîna avec lui don Juan tout effaré de son exploit. À vingt pas de la maison, don Garcia s'arrêta pour demander à son compagnon ce qu'il avait fait de son épée.

« Mon épée ? dit don Juan, s'apercevant alors seulement qu'il ne la tenait plus à la main... Je ne sais... je l'aurai probablement laissée tomber.

1. Tira l'épée.
2. Bouclier.

— Malédiction ! s'écria don Garcia, et votre nom qui est gravé sur la garde ! »

Dans ce moment on voyait des hommes avec des flambeaux sortir des maisons voisines et s'empresser autour du mourant. À l'autre bout de la rue, une troupe d'hommes armés s'avançaient rapidement. C'était évidemment une patrouille attirée par les cris des musiciens et par le bruit du combat.

Don Garcia, rabattant son chapeau sur ses yeux, et se couvrant de son manteau le bas du visage pour n'être pas reconnu, s'élança, malgré le danger, au milieu de tous ces hommes rassemblés, espérant retrouver cette épée qui aurait indubitablement fait reconnaître le coupable. Don Juan le vit frapper de droite et de gauche, éteignant les lumières et culbutant tout ce qui se trouvait sur son passage. Il reparut bientôt courant de toutes ses forces et tenant une épée de chaque main : toute la patrouille le poursuivait.

« Ah ! don Garcia, s'écria don Juan en prenant l'épée qu'il lui tendait, que de remerciements je vous dois !

— Fuyons ! fuyons ! s'écria Garcia. Suivez-moi, et si quelqu'un de ces coquins vous serre de trop près, piquez-le comme vous venez de faire à l'autre. »

Tous deux se mirent alors à courir avec toute la vitesse que pouvait leur prêter leur vigueur naturelle, augmentée de la peur de M. le corrégidor, magistrat qui passait pour encore plus redoutable aux étudiants qu'aux voleurs.

Don Garcia, qui connaissait Salamanque comme son *Deus det*[1], était fort habile à tourner rapidement les coins de rues et à se jeter dans les allées étroites, tandis que son compagnon, plus novice, avait grand-peine à le suivre. L'haleine commençait à leur manquer, lorsqu'au bout d'une rue ils

1. Formule prononcée après le repas. *Deus det nobis suam pacem* : « Que Dieu nous donne la paix. »

rencontrèrent un groupe d'étudiants qui se promenaient en chantant et jouant de la guitare. Aussitôt que ceux-ci se furent aperçus que deux de leurs camarades étaient poursuivis, ils se saisirent de pierres, de bâtons et de toutes les armes possibles. Les archers, tout essoufflés, ne jugèrent pas à propos d'entamer l'escarmouche. Ils se retirèrent prudemment, et les deux coupables allèrent se réfugier et se reposer un instant dans une église voisine.

Sous le portail, don Juan voulut remettre son épée dans le fourreau, ne trouvant pas convenable ni chrétien d'entrer dans la maison de Dieu une arme à la main. Mais le fourreau résistait, la lame n'entrait qu'avec peine ; bref, il reconnut que l'épée qu'il tenait n'était pas la sienne : don Garcia, dans sa précipitation, avait saisi la première épée qu'il avait trouvée à terre, et c'était celle du mort ou d'un de ses acolytes. Le cas était grave ; don Juan en avertit son ami, qu'il avait appris à regarder comme de bon conseil.

Don Garcia fronça le sourcil, se mordit les lèvres, tordit les bords de son chapeau, se promena quelques pas, pendant que don Juan, tout étourdi de la fâcheuse découverte qu'il venait de faire, était en proie à l'inquiétude autant qu'aux remords. Après un quart d'heure de réflexions pendant lequel don Garcia eut le bon goût de ne pas dire une seule fois : Pourquoi laissiez-vous tomber votre épée ? celui-ci prit don Juan par le bras et lui dit : « Venez avec moi, je tiens votre affaire. »

Dans ce moment un prêtre sortait de la sacristie de l'église et se disposait à gagner la rue ; don Garcia l'arrêta.

« N'est-ce pas au savant licencié Gomez que j'ai l'honneur de parler ? lui dit-il en s'inclinant profondément.

— Je ne suis pas encore licencié, répondit le prêtre, évidemment flatté de passer pour un licencié. Je m'appelle Manuel Tordoya, fort à votre service.

— Mon père, dit don Garcia, vous êtes précisément la

personne à qui je désirais parler ; c'est d'un cas de conscience qu'il s'agit, et si la renommée ne m'a pas trompé, vous êtes l'auteur de ce fameux traité *De casibus conscientiæ*[1] qui a fait tant de bruit à Madrid ? »

Le prêtre, se laissant aller au péché de vanité, répondit en balbutiant qu'il n'était pas l'auteur de ce livre (lequel, à vrai dire, n'avait jamais existé), mais qu'il s'était fort occupé de semblables matières. Don Garcia, qui avait ses raisons pour ne pas l'écouter, poursuivit de la sorte : « Voici, mon père, en trois mots, l'affaire sur laquelle je désirais vous consulter. Un de mes amis, aujourd'hui même, il y a moins d'une heure, est abordé dans la rue par un homme qui lui dit : Cavalier, je vais me battre à deux pas d'ici, mon adversaire a une épée plus longue que la mienne ; veuillez me prêter la vôtre pour que les armes soient égales. Et mon ami a changé d'épée avec lui. Il attend quelque temps au coin de la rue que l'affaire soit terminée. N'entendant plus le cliquetis des épées, il s'approche ; que voit-il ? un homme mort percé, par l'épée même qu'il venait de prêter. Depuis ce moment il est désespéré, il se reproche sa complaisance, et il craint d'avoir fait un péché mortel. Moi, j'essaye de le rassurer ; je crois le péché véniel, en ce que, s'il n'avait pas prêté son épée, il aurait été la cause que deux hommes se seraient battus à armes inégales. Qu'en pensez-vous, mon père ? n'êtes-vous pas de mon sentiment ? »

Le prêtre, qui était apprenti casuiste[2], dressa les oreilles à cette histoire et se frotta quelque temps le front comme un homme qui cherche une citation. Don Juan ne savait où voulait en venir don Garcia ; mais il n'ajouta rien, craignant de faire quelque gaucherie.

« Mon père, poursuivit Garcia, la question est fort ardue,

1. *Des cas de conscience.*
2. Théologien qui résout les cas de conscience.

puisqu'un aussi grand savant que vous hésite à la résoudre. Demain, si vous le permettez, nous reviendrons savoir votre sentiment. En attendant, veuillez, je vous prie, dire ou faire dire quelques messes pour l'âme du mort. » Il déposa, en disant ces mots, deux ou trois ducats[1] dans la main du prêtre, ce qui acheva de le disposer favorablement pour des jeunes gens si dévots, si scrupuleux et surtout si généreux. Il leur assura que le lendemain, au même lieu, il leur donnerait son opinion par écrit. Don Garcia fut prodigue de remerciements ; puis il ajouta d'un ton dégagé, et comme une observation de peu d'importance : « Pourvu que la justice n'aille pas nous rendre responsables de cette mort ! Nous espérons en vous pour nous réconcilier avec Dieu.

— Quant à la justice, dit le prêtre, vous n'avez rien à en craindre. Votre ami, n'ayant fait que prêter son épée, n'est point légalement complice.

— Oui, mon père, mais le meurtrier a pris la fuite. On examinera la blessure, on trouvera peut-être l'épée ensanglantée… que sais-je ? Les gens de loi sont terribles, dit-on.

— Mais, dit le prêtre, vous étiez témoin que l'épée a été empruntée ?

— Certainement, dit don Garcia ; je l'affirmerais devant toutes les cours du royaume. D'ailleurs, poursuivit-il du ton le plus insinuant, vous, mon père, vous seriez là pour rendre témoignage de la vérité. Nous nous sommes présentés à vous longtemps avant que l'affaire fût connue pour vous demander vos conseils spirituels. Vous pourriez même attester l'échange… En voici la preuve. » Il prit alors l'épée de don Juan. « Voyez plutôt cette épée, dit-il, quelle figure elle fait dans ce fourreau ! »

Le prêtre inclina la tête comme un homme convaincu de la vérité de l'histoire qu'on lui racontait. Il soupesait sans

1. Pièces de monnaie en or.

parler les ducats qu'il avait dans la main, et il y trouvait toujours un argument sans réplique en faveur des jeunes gens.

« Au surplus, mon père, dit don Garcia d'un ton fort dévot, que nous importe la justice ? c'est avec le ciel que nous voulons être réconciliés.

— À demain, mes enfants, dit le prêtre en se retirant.

— À demain, répondit don Garcia ; nous vous baisons les mains et nous comptons sur vous. »

Le prêtre parti, don Garcia fit un saut de joie. « Vive la simonie[1] ! s'écria-t-il, nous voilà dans une meilleure position, je l'espère. Si la justice s'inquiète de vous, ce bon père, pour les ducats qu'il a reçus et ceux qu'il espère tirer de nous, est prêt à attester que nous sommes aussi étrangers à la mort du cavalier que vous venez d'expédier, que l'enfant qui vient de naître. Rentrez chez vous maintenant, soyez toujours sur le qui-vive, et n'ouvrez votre porte qu'à bonnes enseignes ; moi, je vais courir la ville et savoir un peu les nouvelles. »

Don Juan, rentré dans sa chambre, se jeta tout habillé sur son lit. Il passa la nuit sans dormir, ne pensant qu'au meurtre qu'il venait de commettre, et surtout à ses conséquences. Chaque fois qu'il entendait dans la rue le bruit des pas d'un homme, il s'imaginait que la justice venait l'arrêter. Cependant, comme il était fatigué et qu'il avait encore la tête lourde par suite d'un dîner d'étudiants auquel il avait assisté, il s'endormit au moment où le soleil se levait.

Il reposait déjà depuis quelques heures, quand son domestique l'éveilla en lui disant qu'une dame voilée demandait à lui parler. Au même moment une femme entra dans la chambre. Elle était enveloppée de la tête aux pieds d'un grand manteau noir qui ne lui laissait qu'un œil découvert. Cet œil, elle le tourna vers le domestique, puis vers don

1. Pratique consistant à faire le trafic de biens spirituels dans l'intention d'en tirer un gain matériel.

Juan, comme pour demander à lui parler sans témoins. Le domestique sortit aussitôt. La dame s'assit regardant don Juan de tout son œil avec la plus grande attention. Après un moment de silence, elle commença de la sorte :

« Seigneur cavalier, ma démarche a de quoi surprendre, et vous devez, sans doute, concevoir de moi une médiocre opinion ; mais si l'on connaissait les motifs qui m'amènent ici, sans doute on ne me blâmerait pas. Vous vous êtes battu hier avec un cavalier de cette ville...

— Moi, madame ! s'écria don Juan en pâlissant ; je ne suis pas sorti de cette chambre...

— Il est inutile de feindre avec moi, et je dois vous donner l'exemple de la franchise. » En parlant ainsi, elle écarta son manteau, et don Juan reconnut doña Teresa. « Seigneur don Juan, poursuivit-elle en rougissant, je dois vous avouer que votre bravoure m'a intéressée pour vous au dernier point. J'ai remarqué, malgré le trouble où j'étais, que votre épée s'était brisée, et que vous l'aviez jetée à terre auprès de notre porte. Au moment où l'on s'empressait autour du blessé, je suis descendue et j'ai ramassé la poignée de cette épée. En la considérant j'ai lu votre nom, et j'ai compris combien vous seriez exposé si elle tombait entre les mains de vos ennemis. La voici, je suis bien heureuse de pouvoir vous la rendre. »

Comme de raison, don Juan tomba à ses genoux, lui dit qu'il lui devait la vie, mais que c'était un présent inutile, puisqu'elle allait le faire mourir d'amour. Doña Teresa était pressée et voulait se retirer sur-le-champ, cependant elle écoutait don Juan avec tant de plaisir qu'elle ne pouvait se décider à s'en retourner. Une heure à peu près se passa de la sorte, toute remplie de serments d'amour éternel, de baisements de main, prières d'une part, faibles refus de l'autre. Don Garcia, entrant tout à coup, interrompit le tête-à-tête. Il n'était pas homme à se scandaliser. Son premier soin fut de rassurer Teresa. Il loua beaucoup son courage, sa présence d'esprit, et finit par la prier de s'entremettre auprès de sa sœur afin de lui ménager un accueil plus humain. Doña Teresa promit tout ce qu'il voulut, s'enveloppa hermétiquement dans son manteau et partit après avoir promis de se trouver le soir même avec sa sœur dans une partie de la promenade qu'elle désigna.

« Nos affaires vont bien, dit don Garcia aussitôt que les deux jeunes gens furent seuls. Personne ne vous soupçonne. Le corrégidor, qui ne me veut nul bien, m'avait d'abord fait l'honneur de penser à moi. Il était persuadé, disait-il, que c'était moi qui avais tué don Cristoval. Savez-vous ce qui lui a fait changer d'opinion ? c'est qu'on lui a dit que j'avais passé toute la soirée avec vous ; et vous avez, mon cher, une si grande réputation de sainteté que vous en avez à revendre pour les autres. Quoi qu'il en soit, on ne pense pas à nous. L'espièglerie de cette brave petite Teresa nous rassure pour l'avenir : ainsi n'y pensons plus et ne songeons qu'à nous amuser.

— Ah ! Garcia, s'écria tristement don Juan, c'est une bien triste chose que de tuer un de ses semblables !

— Il y a quelque chose de plus triste, répondit don Garcia, c'est qu'un de nos semblables nous tue, et une troisième chose qui surpasse les deux autres en tristesse, c'est un jour passé sans dîner. C'est pourquoi je vous invite à dîner aujourd'hui avec quelques bons vivants, qui seront charmés de vous voir. » En disant ces mots, il sortit.

L'amour faisait déjà une puissante diversion aux remords de notre héros. La vanité acheva de les étouffer. Les étudiants avec lesquels il dîna chez Garcia avaient appris par lui quel était le véritable meurtrier de don Cristoval. Ce Cristoval était un cavalier fameux par son courage et par son adresse, redouté des étudiants : aussi sa mort ne pouvait qu'exciter leur gaieté, et son heureux adversaire fut accablé de compliments. À les entendre, il était l'honneur, la fleur, le bras de l'université. Sa santé fut bue avec enthousiasme, et un étudiant de Murcie improvisa un sonnet à sa louange, dans lequel il le comparait au Cid et à Bernard del Carpio. En se levant de table, don Juan se sentait bien encore quelque poids sur le cœur ; mais, s'il avait eu le pouvoir de ressusciter don Cristoval, il est douteux qu'il en eût fait usage, de peur de perdre la considération et la renommée que cette mort lui avait acquises dans toute l'université de Salamanque.

Le soir venu, des deux côtés on fut exact au rendez-vous qui eut lieu sur les bords de la Tormes. Doña Teresa prit la main de don Juan (on ne donnait pas encore le bras aux femmes), et doña Fausta celle de don Garcia. Après quelques tours de promenade, les deux couples se séparèrent fort contents, avec la promesse de ne pas laisser échapper une seule occasion de se revoir.

En quittant les deux sœurs, ils rencontrèrent quelques bohémiennes qui dansaient avec des tambours de basque au milieu d'un groupe d'étudiants. Ils se mêlèrent à eux. Les danseuses plurent à don Garcia, qui résolut de les emmener souper. La proposition fut aussitôt faite et aussitôt acceptée. En sa qualité de *fidus Achates*[1], don Juan était de la partie. Piqué de ce qu'une des bohémiennes lui avait dit qu'il avait l'air d'un moine novice, il s'étudia à faire tout ce qu'il fallait pour prouver que ce surnom était mal appliqué : il jura, dansa, joua et but autant à lui seul que deux étudiants de seconde année auraient pu le faire.

On eut beaucoup de peine à le ramener chez lui après minuit, un peu plus qu'ivre et dans un tel état de fureur qu'il voulait mettre le feu à Salamanque et boire toute la Tormes pour empêcher d'éteindre l'incendie.

---

1. Le « fidèle Achates » est le compagnon d'Énée dans *L'Énéide* de Virgile.

C'est ainsi que don Juan perdait, l'une après l'autre, toutes les heureuses qualités que la nature et son éducation lui avaient données. Au bout de trois mois de séjour à Salamanque sous la direction de don Garcia, il avait tout à fait séduit la pauvre Teresa ; son camarade avait réussi de son côté huit à dix jours plus tôt. D'abord don Juan aima sa maîtresse avec tout l'amour qu'un enfant de son âge a pour la première femme qui se donne à lui ; mais don Garcia lui démontra sans peine que la constance était une vertu chimérique ; de plus, que, s'il se conduisait autrement que ses camarades dans les orgies universitaires, il serait cause que la réputation de la Teresa en recevrait des atteintes. « Car, disait-il, il n'y a qu'un amour très violent et satisfait qui se contente d'une seule femme ». En outre, la mauvaise compagnie dans laquelle don Juan était plongé ne lui laissait pas un moment de repos. Il paraissait à peine dans les classes, ou bien, affaibli par les veilles et la débauche, il s'assoupissait aux doctes leçons des plus illustres professeurs. En revanche, il était toujours le premier et le dernier à la promenade ; et, quant à ses nuits, il passait régulièrement au cabaret ou en pire lieu celles que doña Teresa ne pouvait lui consacrer.

Un matin il avait reçu un billet de cette dame, qui lui exprimait le regret de manquer à un rendez-vous promis pour la nuit. Une vieille parente venait d'arriver à Salamanque, et on lui donnait la chambre de Teresa qui devait coucher dans celle de sa mère. Ce désappointement affecta très médiocrement don Juan, qui trouva le moyen d'employer sa soirée. Au moment qu'il sortait dans la rue, préoccupé de ses projets, une femme voilée lui remit un billet ; il était de doña Teresa. Elle avait trouvé moyen d'avoir une autre chambre, et avait tout arrangé avec sa sœur pour le rendez-vous. Don Juan montra la lettre à don Garcia. Ils hésitèrent quelque temps ; puis enfin, machinalement et comme par habitude, ils escaladèrent le balcon de leurs maîtresses.

Doña Teresa avait à la gorge un signe assez apparent. Ce fut une immense faveur que reçut don Juan la première fois qu'il eut la permission de le regarder. Pendant quelque temps il continua à le considérer comme la plus ravissante chose du monde. Tantôt il le comparait à une violette, tantôt à une anémone, tantôt à la fleur de l'alfalfa[1]. Mais bientôt ce signe, qui était réellement fort joli, cessa par la satiété de lui paraître tel. « C'est une grande tache noire, voilà tout, se disait-il en soupirant. C'est dommage qu'elle se trouve là. Parbleu, c'est que cela ressemble à une couenne de lard. Le diable emporte le signe ! » Un jour même il demanda à Teresa si elle n'avait pas consulté un médecin sur les moyens de le faire disparaître. À quoi la pauvre fille répondit, en rougissant jusqu'au blanc des yeux, qu'il n'y avait pas un seul homme, excepté lui, qui eût vu cette tache ; qu'au surplus sa nourrice avait coutume de lui dire que de tels signes portaient bonheur.

Le soir que j'ai dit, don Juan, étant venu au rendez-vous d'assez mauvaise humeur, revit le signe en question, qui lui parut encore plus grand que les autres fois. « Parbleu, c'est la représentation d'un gros rat, se dit-il à lui-même en le considérant. En vérité, c'est une monstruosité ! C'est un signe de réprobation comme celui dont fut marqué Caïn. Il faut avoir le diable au corps pour faire sa maîtresse d'une pareille femme. » Il fut maussade au dernier point. Il querella sans sujet la pauvre Teresa, la fit pleurer, et la quitta vers l'aube sans vouloir l'embrasser. Don Garcia, qui sortait avec lui, marcha quelque temps sans parler ; puis, s'arrêtant tout d'un coup :

« Convenez, don Juan, dit-il, que nous nous sommes bien

---

1. Luzerne.

ennuyés cette nuit. Pour moi, j'en suis encore excédé, et j'ai bien envie d'envoyer une bonne fois la princesse à tous les diables !

— Vous avez tort, dit don Juan ; la Fausta est une charmante personne, blanche comme un cygne, et elle est toujours de bonne humeur. Et puis elle vous aime tant ! En vérité, vous êtes bien heureux.

— Blanche, à la bonne heure ; je conviens qu'elle est blanche ; mais elle n'a pas de couleurs ; et à côté de sa sœur elle semble un hibou auprès d'une colombe. C'est vous qui êtes bien heureux.

— Comme cela, répondit don Juan. La petite est assez gentille, mais c'est une enfant. Il n'y a pas à causer raisonnablement avec elle. Elle a la tête farcie de romans de chevalerie, et elle s'est fait sur l'amour les opinions les plus extravagantes. Vous ne vous faites pas une idée de son exigence.

— C'est que vous êtes trop jeune, don Juan, et vous ne savez pas dresser vos maîtresses. Une femme, voyez-vous, est comme un cheval : si vous lui laissez prendre de mauvaises habitudes, si vous ne lui persuadez pas que vous ne lui pardonnerez aucun caprice, jamais vous n'en pourrez rien obtenir.

— Dites-moi, don Garcia, traitez-vous vos maîtresses comme vos chevaux ? Employez-vous souvent la gaule pour leur faire passer leurs caprices ?

— Rarement ; mais je suis trop bon. Tenez, don Juan, voulez-vous me céder votre Teresa ? je vous promets qu'au bout de quinze jours elle sera souple comme un gant. Je vous offre Fausta en échange. Vous faut-il du retour[1] ?

— Le marché serait assez de mon goût, dit don Juan en souriant, si ces dames de leur côté y consentaient. Mais

1. Bien donné en contrepartie.

doña Fausta ne voudrait jamais vous céder. Elle perdrait trop au change.

— Vous êtes trop modeste ; mais rassurez-vous. Je l'ai tant fait enrager hier, que le premier venu lui semblerait auprès de moi comme un ange de lumière pour un damné. Savez-vous, don Juan, poursuivit don Garcia, que je parle très sérieusement ? » Et don Juan rit plus fort du sérieux avec lequel son ami débitait ces extravagances.

Cette édifiante conversation fut interrompue par l'arrivée de plusieurs étudiants qui donnèrent un autre cours à leurs idées. Mais, le soir venu, les deux amis étant assis devant une bouteille de vin de Montilla accompagnée d'une petite corbeille remplie de glands de Valence, don Garcia se remit à se plaindre de sa maîtresse. Il venait de recevoir une lettre de Fausta, pleine d'expressions tendres et de doux reproches, au milieu desquels on voyait percer son esprit enjoué et son habitude de saisir le côté ridicule de chaque chose.

« Tenez, dit don Garcia tendant la lettre à don Juan et bâillant outre mesure, lisez ce beau morceau. Encore un rendez-vous pour ce soir ! mais le diable m'emporte si j'y vais. »

Don Juan lut la lettre, qui lui parut charmante.

« En vérité, dit-il, si j'avais une maîtresse comme la vôtre, toute mon étude serait de la rendre heureuse.

— Prenez-la donc, mon cher, s'écria don Garcia, prenez-la, passez-vous-en la fantaisie. Je vous abandonne mes droits. Faisons mieux, ajouta-t-il en se levant, comme éclairé par une inspiration soudaine, jouons nos maîtresses. Voici des cartes. Faisons une partie d'hombre[1]. Doña Fausta est mon enjeu ; vous, mettez sur table doña Teresa. »

Don Juan, riant aux larmes de la folie de son camarade,

1. Ancien jeu de cartes, d'origine espagnole.

prit les cartes et les mêla. Quoiqu'il ne mît presque aucune attention à son jeu, il gagna. Don Garcia, sans paraître chagrin de la perte de sa partie, demanda ce qu'il fallait pour écrire, et fit une espèce de billet à ordre, tiré sur doña Fausta, à laquelle il enjoignait de se mettre à la disposition du porteur, absolument comme il eût écrit à son intendant de compter cent ducats à un de ses créanciers.

Don Juan, riant toujours, offrait à don Garcia de lui donner sa revanche. Mais celui-ci refusa. « Si vous avez un peu de courage, dit-il, prenez mon manteau[1], allez à la petite porte que bien vous connaissez. Vous ne trouverez que Fausta, puisque la Teresa ne vous attend pas. Suivez-la sans dire un mot ; une fois dans sa chambre, il se peut fort bien qu'elle éprouve un moment de surprise, qu'elle verse même une larme ou deux ; mais que cela ne vous arrête pas. Soyez sûr qu'elle n'osera crier. Montrez-lui alors ma lettre ; dites-lui que je suis un horrible scélérat, un monstre, tout ce que vous voudrez ; qu'elle a une vengeance facile et prompte, et cette vengeance, soyez certain qu'elle la trouvera bien douce. »

À chacune des paroles de Garcia le diable entrait plus avant dans le cœur de don Juan, et lui disait que ce qu'il n'avait jusqu'à présent regardé que comme une plaisanterie sans but pouvait se terminer pour lui de la manière la plus agréable. Il cessa de rire, et le rouge du plaisir commença à lui monter au front.

« Si j'étais assuré, dit-il, que Fausta consentît à cet échange…

— Si elle consentira ! s'écria le libertin. Quel blanc-bec êtes-vous, mon camarade, pour croire qu'une femme puisse hésiter entre un amant de six mois et un amant d'un jour !

1. Dans la pièce de Tirso de Molina, Don Juan emprunte le manteau de son ami Mota pour tromper la confiance de Doña Anna.

Allez, vous me remercierez tous les deux demain ; je n'en doute pas, et la seule récompense que je vous demande, c'est de me permettre de faire la cour à Teresita pour me dédommager. » Puis, voyant que don Juan était plus qu'à moitié convaincu, il lui dit : « Décidez-vous, car pour moi je ne veux pas voir Fausta ce soir ; si vous n'en voulez pas, je donne ce billet au gros Fadrique, et c'est lui qui en aura l'aubaine.

— Ma foi, arrive que pourra ! » s'écria don Juan, saisissant le billet ; et pour se donner du courage, il avala d'un trait un grand verre de Montilla.

L'heure approchait. Don Juan, qu'un reste de conscience retenait encore, buvait coup sur coup pour s'étourdir. Enfin l'horloge sonna. Don Garcia jeta son manteau sur les épaules de don Juan, et le conduisit jusqu'à la porte de sa maîtresse ; puis, ayant fait le signal convenu, il lui souhaita une bonne nuit, et s'éloigna sans le moindre remords de la mauvaise action qu'il venait de commettre.

Aussitôt la porte s'ouvrit. Doña Fausta attendait depuis quelque temps.

« Est-ce vous, don Garcia ? demanda-t-elle à voix basse.

— Oui », répondit don Juan encore plus bas, et la figure cachée sous les plis d'un large manteau. Il entra, et la porte s'étant refermée, don Juan commença à monter un escalier obscur avec son guide.

« Prenez le bout de ma mantille, dit-elle, et suivez-moi le plus doucement que vous pourrez. »

En peu d'instants il se trouva dans la chambre de Fausta. Une lampe seule y jetait une médiocre clarté. D'abord don Juan, sans ôter son manteau ni son chapeau, se tint debout, le dos près de la porte, n'osant encore se découvrir. Doña Fausta le considéra quelque temps sans rien dire ; puis tout d'un coup elle s'avança vers lui en lui tendant les bras. Don Juan, laissant alors tomber son manteau, imita son mouvement.

« Quoi ! c'est vous, seigneur don Juan ? s'écria-t-elle. Est-ce que don Garcia est malade ?

— Malade ? Non, dit don Juan... Mais il ne peut venir. Il m'a envoyé auprès de vous.

— Oh ! que j'en suis fâchée ! Mais, dites-moi, ce n'est pas une autre femme qui l'empêche de venir ?

— Vous le savez donc bien libertin ?...

— Que ma sœur va être contente de vous voir ! La pauvre enfant ! elle croyait que vous ne viendriez pas ?... Laissez-moi passer, je vais l'avertir.

— C'est inutile.

— Votre air est singulier, don Juan... Vous avez une mauvaise nouvelle à m'apprendre... Parlez, il est arrivé quelque malheur à don Garcia ? »

Pour s'épargner une réponse embarrassante, don Juan tendit à la pauvre fille l'infâme billet de don Garcia. Elle le lut avec précipitation, et ne le comprit pas d'abord. Elle le relut, et n'en put croire ses yeux. Don Juan l'observait avec attention, et la voyait tour à tour s'essuyer le front, se frotter les yeux ; ses lèvres tremblaient, une pâleur mortelle couvrait son visage, et elle était obligée de tenir à deux mains le papier pour qu'il ne tombât pas à terre. Enfin, se levant par un effort désespéré, elle s'écria : « Tout cela est faux ! c'est une horrible fausseté ! Don Garcia n'a jamais écrit cela ! »

Don Juan répondit : « Vous connaissez son écriture. Il ne savait pas le prix du trésor qu'il possédait... et moi j'ai accepté parce que je vous adore. »

Elle jeta sur lui un regard du plus profond mépris, et se mit à relire la lettre avec l'attention d'un avocat qui soupçonne une falsification dans un acte. Ses yeux étaient démesurément ouverts et fixés sur le papier. De temps en temps une grosse larme s'en échappait sans qu'elle clignât la paupière, et tombait en glissant sur ses joues. Tout à coup elle sourit d'un sourire de fou, et s'écria : « C'est une plaisanterie, n'est-ce pas ? C'est une plaisanterie ? don Garcia est là, il va venir !...

— Ce n'est point une plaisanterie, doña Fausta. Il n'y a rien de plus vrai que l'amour que j'ai pour vous. Je serais bien malheureux si vous ne me croyiez pas.

— Misérable ! s'écria doña Fausta ; mais si tu dis vrai, tu es un plus grand scélérat encore que don Garcia.

— L'amour excuse tout, belle Faustita. Don Garcia vous abandonne ; prenez-moi pour vous consoler. Je vois peints sur ce panneau Bacchus et Ariane[1] ; laissez-moi être votre Bacchus. »

Sans répondre un mot, elle saisit un couteau sur la table, et s'avança vers don Juan en le tenant élevé au-dessus de sa tête. Mais il avait vu le mouvement ; il lui saisit le bras, la désarma sans peine, et, se croyant autorisé à la punir de ce commencement d'hostilités, il l'embrassa trois ou quatre fois, et voulut l'entraîner vers un petit lit de repos. Doña Fausta était une femme faible et délicate ; mais la colère lui donnait des forces, elle résistait à don Juan, tantôt se cramponnant aux meubles, tantôt se défendant des mains, des pieds et des dents. D'abord don Juan avait reçu quelques coups en souriant, mais bientôt la colère fut chez lui aussi forte que l'amour. Il étreignit fortement Fausta sans craindre de froisser sa peau délicate. C'était un lutteur irrité qui voulait à tout prix triompher de son adversaire, prêt à l'étouffer, s'il fallait, pour le vaincre. Fausta eut alors recours à la dernière ressource qui lui restait. Jusque-là un sentiment de pudeur féminine l'avait empêchée d'appeler à son aide ; mais, se voyant sur le point d'être vaincue, elle fit retentir la maison de ses cris.

Don Juan sentit qu'il ne s'agissait plus pour lui de pos-

1. Bacchus, dieu du vin et de l'ivresse, épousa Ariane, abandonnée par Thésée.

séder sa victime, et qu'il devait avant tout songer à sa sûreté. Il voulut repousser Fausta et gagner la porte, mais elle s'attachait à ses habits, et il ne pouvait s'en débarrasser. En même temps se faisait entendre le bruit alarmant de portes qui s'ouvraient ; des pas et des voix d'hommes s'approchaient ; il n'y avait pas un instant à perdre. Il fit un effort pour rejeter loin de lui doña Fausta ; mais elle l'avait saisi par le pourpoint avec tant de force, qu'il tourna sur lui-même avec elle sans avoir gagné autre chose que de changer de position. Fausta était alors du côté de la porte qui s'ouvrait en dedans. Elle continuait ses cris. En même temps la porte s'ouvre ; un homme tenant une arquebuse à la main paraît à l'entrée. Il laisse échapper une exclamation de surprise, et une détonation suit aussitôt. La lampe s'éteignit, et don Juan sentit que les mains de doña Fausta se desserraient, et que quelque chose de chaud et de liquide coulait sur les siennes. Elle tomba ou plutôt glissa sur le plancher, la balle venait de lui fracasser l'épine du dos ; son père l'avait tuée au lieu de son ravisseur. Don Juan, se sentant libre, s'élança vers l'escalier au milieu de la fumée de l'arquebuse. D'abord il reçut un coup de crosse du père et un coup d'épée d'un laquais qui le suivait. Mais ni l'un ni l'autre ne lui firent beaucoup de mal. Mettant l'épée à la main, il chercha à se frayer un passage et à éteindre le flambeau que portait le laquais. Effrayé de son air résolu, celui-ci se retira en arrière. Pour don Alonso de Ojeda, homme ardent et intrépide, il se précipita sur don Juan sans hésiter : celui-ci para quelques bottes, et sans doute il n'avait d'abord que l'intention de se défendre ; mais l'habitude de l'escrime fait qu'une riposte, après une parade, n'est plus qu'un mouvement machinal et presque involontaire. Au bout d'un instant, le père de doña Fausta poussa un grand soupir et tomba mortellement blessé. Don Juan, trouvant le passage libre, s'élança comme un trait sur l'escalier, de là vers la porte, et en un clin d'œil il fut dans la rue sans être poursuivi des domestiques, qui s'empressaient autour de leur maître expirant. Doña Teresa, accourue au bruit du coup d'arquebuse, avait vu cette horrible scène et était tombée évanouie à côté de son père. Elle ne connaissait encore que la moitié de son malheur.

Don Garcia achevait la dernière bouteille de Montilla lorsque don Juan, pâle, couvert de sang, les yeux égarés, son pourpoint déchiré et son rabat sortant d'un demi-pied de ses limites ordinaires, entra précipitamment dans sa chambre et se jeta tout haletant sur un fauteuil sans pouvoir parler. L'autre comprit à l'instant que quelque accident grave venait d'arriver. Il laissa don Juan respirer péniblement deux ou trois fois, puis il lui demanda des détails ; en deux mots il fut au fait. Don Garcia, qui ne perdait pas facilement son flegme habituel, écouta sans sourciller le récit entrecoupé que lui fit son ami. Puis, remplissant un verre et le lui présentant : « Buvez, dit-il, vous en avez besoin. C'est une mauvaise affaire, ajouta-t-il après avoir bu lui-même. Tuer un père est grave… Il y a bien des exemples pourtant, à commencer par le Cid. Le pire, c'est que vous n'avez pas cinq cents hommes, tous habillés de blanc, tous vos cousins, pour vous défendre des archers de Salamanque et des parents du défunt… Occupons-nous d'abord du plus pressé… » Il fit deux ou trois tours dans la chambre comme pour recueillir ses idées.

« Rester à Salamanque, reprit-il, après une semblable esclandre[1], ce serait folie. Ce n'est pas un hobereau que don Alonso de Ojeda, et d'ailleurs les domestiques ont dû vous reconnaître. Admettons pour un moment que vous n'ayez pas été reconnu ; vous vous êtes acquis maintenant à l'Université une réputation si avantageuse, qu'on ne manquera pas de vous imputer un méfait anonyme. Tenez, croyez-moi, il faut partir, et le plus tôt, c'est le mieux. Vous êtes devenu

1. Scandale. Le mot est désormais masculin.

ici trois fois plus savant qu'il ne sied à un gentilhomme de bonne maison. Laissez là Minerve, et essayez un peu de Mars[1] ; cela vous réussira mieux, car vous avez des dispositions. On se bat en Flandre. Allons tuer des hérétiques ; rien n'est plus propre à racheter nos peccadilles en ce monde. Amen ! Je finis comme au sermon. »

Le mot de Flandre opéra comme un talisman sur don Juan. Quitter l'Espagne, il croyait que c'était s'échapper à lui-même. Au milieu des fatigues et des dangers de la guerre, il n'aurait pas de loisir pour ses remords ! « En Flandre, en Flandre ! s'écria-t-il, allons nous faire tuer en Flandre !

— De Salamanque à Bruxelles il y a loin, reprit gravement don Garcia, et dans votre position vous ne pouvez partir trop tôt. Songez que si M. le corrégidor vous attrape, il vous sera bien difficile de faire une campagne ailleurs que sur les galères de Sa Majesté. »

Après s'être concerté quelques instants avec son ami, don Juan se dépouilla promptement de son habit d'étudiant. Il prit une veste de cuir brodé telle qu'en portaient alors les militaires, un grand chapeau rabattu, et n'oublia pas de garnir sa ceinture d'autant de doublons[2] que don Garcia put la charger. Tous ces apprêts ne durèrent que quelques minutes. Il se mit en route à pied, sortit de la ville sans être reconnu, et marcha toute la nuit et toute la matinée suivante, jusqu'à ce que la chaleur du soleil l'obligeât à s'arrêter. À la première ville où il arriva, il s'acheta un cheval, et s'étant joint à une caravane de voyageurs, il parvint sans obstacle à Saragosse. Là il demeura quelques jours sous le nom de don Juan Carrasco. Don Garcia, qui avait quitté Salamanque le lendemain de son départ, prit un autre

1. Mars est le dieu de la guerre, alors que Minerve est la déesse de la sagesse et de l'intelligence.

2. Pièces de monnaie d'or espagnoles.

chemin et le rejoignit à Saragosse. Ils n'y firent pas un long séjour. Après avoir accompli fort à la hâte leurs dévotions à Notre-Dame du pilier[1], non sans lorgner les beautés aragonaises, pourvus chacun d'un bon domestique, ils se rendirent à Barcelone, où ils s'embarquèrent pour Civita-Vecchia[2]. La fatigue, le mal de mer, la nouveauté des sites et la légèreté naturelle de don Juan, tout se réunissait pour qu'il oubliât vite les horribles scènes qu'il laissait derrière lui. Pendant quelques mois, les plaisirs que les deux amis trouvèrent en Italie leur firent négliger le but principal de leur voyage ; mais, les fonds commençant à leur manquer, ils se joignirent à un certain nombre de leurs compatriotes, braves comme eux et légers d'argent, et se mirent en route pour l'Allemagne.

Arrivés à Bruxelles, chacun s'enrôla dans la compagnie du capitaine qui lui plut. Les deux amis voulurent faire leurs premières armes dans celle du capitaine don Manuel Gomare, d'abord parce qu'il était Andalou, ensuite parce qu'il passait pour n'exiger de ses soldats que du courage et des armes bien polies et en bon état, fort accommodant d'ailleurs sur la discipline.

Charmé de leur bonne mine, celui-ci les traita bien et selon leurs goûts, c'est-à-dire qu'il les employa dans toutes les occasions périlleuses. La fortune leur fut favorable, et là où beaucoup de leurs camarades trouvèrent la mort, ils ne reçurent pas une blessure et se firent remarquer des généraux. Ils obtinrent chacun une enseigne le même jour. Dès ce moment, se croyant sûrs de l'estime et de l'amitié de leurs chefs, ils avouèrent leurs véritables noms et reprirent leur train de vie ordinaire, c'est-à-dire qu'ils passaient le

1. Lieu de culte à Saragosse où la Vierge Marie serait apparue au sommet d'une colonne.

2. Port italien.

jour à jouer ou à boire, et la nuit à donner des sérénades aux plus jolies femmes des villes où ils se trouvaient en garnison pendant l'hiver. Ils avaient reçu de leurs parents leur pardon, ce qui les toucha médiocrement, et des lettres de crédit sur des banquiers d'Anvers. Ils en firent bon usage. Jeunes, riches, braves et entreprenants, leurs conquêtes furent nombreuses et rapides. Je ne m'arrêterai pas à les raconter ; qu'il suffise au lecteur de savoir que, lorsqu'ils voyaient une jolie femme, tous les moyens leur étaient bons pour l'obtenir. Promesses, serments n'étaient qu'un jeu pour ces indignes libertins ; et si des frères ou des maris trouvaient à redire à leur conduite, ils avaient pour leur répondre de bonnes épées et des cœurs impitoyables.

La guerre recommença avec le printemps.

Dans une escarmouche qui fut malheureuse pour les Espagnols, le capitaine Gomare fut mortellement blessé. Don Juan, qui le vit tomber, courut à lui et appela quelques soldats pour l'emporter ; mais le brave capitaine, rassemblant ce qui lui restait de forces, lui dit : « Laissez-moi mourir ici, je sens que c'est fait de moi. Autant vaut mourir ici qu'une demi-lieue plus loin. Gardez vos soldats ; ils vont être assez occupés, car je vois les Hollandais qui s'avancent en force. — Enfants, ajoutait-il en s'adressant aux soldats qui s'empressaient autour de lui, serrez-vous autour de vos enseignes et ne vous inquiétez pas de moi. »

Don Garcia survint en ce moment, et lui demanda s'il n'avait pas quelque dernière volonté qui pût être exécutée après sa mort.

« Que diable voulez-vous que je veuille dans un moment comme celui-ci ?... » Il parut se recueillir quelques instants. « Je n'ai jamais beaucoup songé à la mort, reprit-il, et je ne la croyais pas si prochaine... Je ne serais pas fâché d'avoir auprès de moi quelque prêtre... Mais tous nos moines sont aux bagages... Il est dur pourtant de mourir sans confession !

— Voici mon livre d'heures, dit don Garcia en lui présentant un flacon de vin. Prenez courage. »

Les yeux du vieux soldat devenaient de plus en plus troubles. La plaisanterie de don Garcia ne fut pas remarquée par lui, mais les vieux soldats qui l'entouraient en furent scandalisés.

« Don Juan, dit le moribond, approchez, mon enfant. Venez, je vous fais mon héritier. Prenez cette bourse, elle contient tout ce que je possède ; il vaut mieux qu'elle soit à vous qu'à ces excommuniés. La seule chose que je vous demande, c'est de faire dire quelques messes pour le repos de mon âme. »

Don Juan promit en lui serrant la main, tandis que don Garcia lui faisait observer tout bas quelle différence il y avait entre les opinions d'un homme faible quand il meurt et celles qu'il professe assis devant une table couverte de bouteilles. Quelques balles venant à siffler à leurs oreilles leur annoncèrent l'approche des Hollandais. Les soldats reprirent leurs rangs. Chacun dit adieu à la hâte au capitaine Gomare, et on ne s'occupa plus que de faire retraite en bon ordre. Cela était assez difficile avec un ennemi nombreux, un chemin défoncé par les pluies, et des soldats fatigués d'une longue marche. Pourtant les Hollandais ne purent les entamer, et abandonnèrent la poursuite à la nuit sans avoir pris un drapeau ou fait un seul prisonnier qui ne fût blessé.

Le soir, les deux amis, assis dans une tente avec quelques officiers, devisaient de l'affaire à laquelle ils venaient d'assister. On blâma les dispositions du commandant du jour, et l'on trouva après coup tout ce qu'il aurait fallu faire. Puis on en vint à parler des morts et des blessés.

« Pour le capitaine Gomare, dit don Juan, je le regretterai

longtemps. C'était un brave officier, bon camarade, un véritable père pour ses soldats.

— Oui, dit don Garcia ; mais je vous avouerai que jamais je n'ai été si surpris que lorsque je l'ai vu tant en peine pour n'avoir pas une robe noire à ses côtés. Cela ne prouve qu'une chose, c'est qu'il est plus facile d'être brave en paroles qu'en actions. Tel se moque d'un danger éloigné qui pâlit quand il s'approche. À propos, don Juan, puisque vous êtes son héritier, dites-nous ce qu'il y a dans la bourse qu'il vous a laissée ? » Don Juan l'ouvrit alors pour la première fois, et vit qu'elle contenait environ soixante pièces d'or.

« Puisque nous sommes en fonds, dit don Garcia, habitué à regarder la bourse de son ami comme la sienne, pourquoi ne ferions-nous pas une partie de pharaon[1] au lieu de pleurnicher ainsi en pensant à nos amis morts ? »

La proposition fut goûtée de tous ; on apporta quelques tambours que l'on couvrit d'un manteau. Ils servirent de table de jeu. Don Juan joua le premier, conseillé par don Garcia ; mais avant de ponter[2] il tira de sa bourse dix pièces d'or qu'il enveloppa dans son mouchoir et qu'il mit dans sa poche.

« Que diable voulez-vous en faire ? s'écria don Garcia. Un soldat thésauriser[3] ! et la veille d'une affaire !

— Vous savez, don Garcia, que tout cet argent n'est pas à moi. Don Manuel m'a fait un legs *sub poenœ nomine*[4], comme nous disions à Salamanque.

— La peste soit du fat ! s'écria don Garcia. Je crois, le diable m'emporte, qu'il a l'intention de donner ces dix écus au premier curé que nous rencontrerons.

---

1. Ancien jeu de cartes et de hasard.
2. Miser une somme.
3. Amasser de l'argent sans le dépenser ni le faire fructifier.
4. Avec menace de châtiment en cas de non-respect de l'engagement.

— Pourquoi pas ? Je l'ai promis.

— Taisez-vous ; par la barbe de Mahomet ! vous me faites honte, et je ne vous reconnais pas. »

Le jeu commença ; les chances furent d'abord variées ; bientôt elles tournèrent décidément contre don Juan. En vain, pour rompre la veine, don Garcia prit les cartes ; au bout d'une heure, tout l'argent qu'ils possédaient, et de plus les cinquante écus du capitaine Gomare, étaient passés dans les mains du banquier. Don Juan voulait aller dormir ; mais don Garcia. était échauffé, il prétendit avoir sa revanche et regagner ce qu'il avait perdu.

« Allons, monsieur Prudent, dit-il, voyons ces derniers écus que vous avez si bien serrés. Je suis sûr qu'ils nous porteront bonheur.

— Songez, don Garcia, que j'ai promis !...

— Allons, allons, enfant que vous êtes ! il s'agit bien de messes à présent. Le capitaine, s'il était ici, aurait plutôt pillé une église que de laisser passer une carte sans ponter.

— Voilà cinq écus, dit don Juan. Ne les exposez pas d'un seul coup.

— Point de faiblesse ! », dit don Garcia. Et il mit les cinq écus sur un roi. Il gagna, fit paroli[1], mais perdit le second coup. « Voyons les cinq derniers ! » s'écria-t-il pâlissant de colère. Don Juan fit quelques objections facilement surmontées ; il céda et donna quatre écus qui aussitôt suivirent les premiers. Don Garcia, jetant les cartes au nez du banquier, se leva furieux. Il dit à don Juan : « Vous avez toujours été heureux, vous, et j'ai entendu dire qu'un dernier écu a un grand pouvoir pour conjurer le sort. »

Don Juan était pour le moins aussi furieux que lui. Il ne pensa plus aux messes ni à son serment. Il mit sur un as le seul écu restant, et le perdit aussitôt.

---

1. Misa le double de la mise précédente.

« Au diable l'âme du capitaine Gomare ! s'écria-t-il. Je crois que son argent était ensorcelé !... »

Le banquier leur demanda s'ils voulaient jouer encore ; mais, comme ils n'avaient plus d'argent et qu'on fait difficilement crédit à des gens qui s'exposent tous les jours à se faire casser la tête, force leur fut de quitter le jeu et de chercher à se consoler avec les buveurs. L'âme du pauvre capitaine fut tout à fait oubliée.

Quelques jours après, les Espagnols, ayant reçu des renforts, reprirent l'offensive et marchèrent en avant. Ils traversèrent les lieux où l'on s'était battu. Les morts n'étaient pas encore enterrés. Don Garcia et don Juan pressaient leurs chevaux pour échapper à ces cadavres qui choquaient à la fois la vue et l'odorat, lorsqu'un soldat qui les précédait fit un grand cri à la vue d'un corps gisant dans un fossé. Ils s'approchèrent et reconnurent le capitaine Gomare. Il était pourtant presque défiguré. Ses traits déformés et roidis dans d'horribles convulsions prouvaient que ses derniers moments avaient été accompagnés de douleurs atroces. Bien que déjà familiarisé avec de tels spectacles, don Juan ne put s'empêcher de frémir en voyant ce cadavre, dont les yeux ternes et remplis de sang caillé semblaient dirigés vers lui d'un air de menace. Il se rappela les dernières recommandations du pauvre capitaine, et comment il avait négligé de les exécuter. Pourtant, la dureté factice dont il était parvenu à remplir son cœur le délivra bientôt de ces remords ; il fit promptement creuser une fosse pour ensevelir le capitaine. Par hasard, un capucin se trouvait là, qui récita quelques prières à la hâte. Le cadavre, aspergé d'eau bénite, fut recouvert de pierres et de terre, et les soldats poursuivirent leur route plus silencieux que de coutume : mais don Juan remarqua un vieil arquebusier qui, après avoir longtemps fouillé dans ses poches, y trouva enfin un écu, qu'il donna au capucin en lui disant : « Voilà pour dire des messes au capitaine Gomare. »

Ce jour-là, don Juan donna des preuves d'une bravoure extraordinaire, et s'exposa au feu de l'ennemi avec si peu de ménagement qu'on eût dit qu'il voulait se faire tuer. « On est brave quand on n'a plus le sou », disaient ses camarades.

Peu de temps après la mort du capitaine Gomare, un jeune soldat fut admis comme recrue dans la compagnie où servaient don Juan et don Garcia ; il paraissait décidé et intrépide, mais d'un caractère sournois et mystérieux. Jamais on ne le voyait boire ni jouer avec ses camarades ; il passait des heures entières assis sur un banc dans le corps de garde, occupé à regarder voler les mouches, ou bien à faire jouer la détente de son arquebuse. Les soldats, qui le raillaient de sa réserve, lui avaient donné le sobriquet de *Modesto*. C'était sous ce nom qu'il était connu dans la compagnie, et ses chefs mêmes ne lui en donnaient pas d'autre.

La campagne finit par le siège de Berg-op-Zoom[1], qui fut, comme on le sait, un des plus meurtriers de cette guerre, les assiégés s'étant défendus avec le dernier acharnement. Une nuit les deux amis se trouvaient ensemble de service à la tranchée, alors tellement rapprochée des murailles de la place que le poste était des plus dangereux. Les sorties des assiégés étaient fréquentes, et leur feu vif et bien dirigé.

La première partie de la nuit se passa en alertes continuelles ; ensuite assiégés et assiégeants parurent céder également à la fatigue. De part et d'autre on cessa de tirer, et un profond silence s'établit dans toute la plaine, ou s'il était interrompu, ce n'était que par de rares décharges, qui n'avaient d'autre but que de prouver que si on avait cessé de combattre on continuait néanmoins à faire bonne garde. Il était environ quatre heures du matin ; c'est le moment où l'homme qui a veillé éprouve une sensation de froid pénible,

1. Chronologie fantaisiste de Mérimée. Cette ville a été assiégée par les Espagnols en 1588 et en 1622. Maraña ne peut y avoir participé.

accompagnée d'une espèce d'accablement moral, produit par la lassitude physique et l'envie de dormir. Il n'est aucun militaire de bonne foi qui ne convienne qu'en de pareilles dispositions d'esprit et de corps il s'est senti capable de faiblesses dont il a rougi après le lever du soleil.

« Morbleu ! s'écria don Garcia en piétinant pour se réchauffer, et serrant son manteau autour de son corps, je sens ma moelle se figer dans mes os ; je crois qu'un enfant hollandais me battrait avec une cruche à bière pour toute arme. En vérité, je ne me reconnais plus. Voilà une arquebusade qui vient de me faire tressaillir. Ma foi ! si j'étais dévot, il ne tiendrait qu'à moi de prendre l'étrange état où je me trouve pour un avertissement d'en haut. »

Tous ceux qui étaient présents, et don Juan surtout, furent extrêmement surpris de l'entendre parler du ciel, car il ne s'en occupait guère ; ou s'il en parlait, c'était pour s'en moquer. S'apercevant que plusieurs souriaient à ces paroles, ranimé par un sentiment de vanité, il s'écria :

« Que personne, au moins, n'aille s'aviser de croire que j'ai peur des Hollandais, de Dieu ou du diable, car nous aurions à la garde montante nos comptes à régler ensemble !

— Passe pour les Hollandais, mais pour Dieu et l'Autre, il est bien permis de les craindre, dit un vieux capitaine à moustaches grises, qui portait un chapelet suspendu à côté de son épée.

— Quel mal peuvent-ils me faire ? demanda-t-il ; le tonnerre ne porte pas aussi juste qu'une arquebuse protestante.

— Et votre âme ? dit le vieux capitaine en se signant à cet horrible blasphème.

— Ah ! pour mon âme… il faudrait, avant tout, que je fusse bien sûr d'en avoir une. Qui m'a jamais dit que j'eusse une âme ? Les prêtres. Or l'invention de l'âme leur rapporte de si beaux revenus, qu'il n'est pas douteux qu'ils n'en soient les auteurs, de même que les pâtissiers ont inventé les tartes pour les vendre.

— Don Garcia, vous finirez mal, dit le vieux capitaine. Ces propos-là ne doivent pas se tenir à la tranchée.

— À la tranchée comme ailleurs, je dis ce que je pense. Mais je me tais, car voici mon camarade don Juan dont le chapeau va tomber, tant ses cheveux se dressent sur sa tête. Lui ne croit pas seulement à l'âme ; il croit encore aux âmes du purgatoire.

— Je ne suis point un esprit fort, dit don Juan en riant, et j'envie parfois votre sublime indifférence pour les choses de l'autre monde ; car, je vous l'avouerai, dussiez-vous vous moquer de moi, il y a des instants où ce que l'on raconte des damnés me donne des rêveries désagréables.

— La meilleure preuve du peu de pouvoir du diable, c'est que vous êtes aujourd'hui debout dans cette tranchée. Sur ma parole, messieurs, ajouta don Garcia en frappant sur l'épaule de don Juan, s'il y avait un diable, il aurait déjà emporté ce garçon-là. Tout jeune qu'il est, je vous le donne pour un véritable excommunié. Il a mis plus de femmes à mal et plus d'hommes en bière que deux cordeliers[1] et deux braves[2] de Valence n'auraient pu faire. »

Il parlait encore quand un coup d'arquebuse partit du côté de la tranchée qui touchait au camp espagnol. Don Garcia porta la main sur sa poitrine, et s'écria : « Je suis blessé ! » Il chancela, et tomba presque aussitôt. En même temps on vit un homme prendre la fuite, mais l'obscurité le déroba bientôt à ceux qui le poursuivaient.

La blessure de don Garcia parut mortelle. Le coup avait été tiré de très près, et l'arme était chargée de plusieurs balles. Mais la fermeté de ce libertin endurci ne se démentit

1. Moines franciscains.
2. Assassins à gages.

pas un instant. Il renvoya bien loin ceux qui lui parlaient de se confesser. Il disait à don Juan : « Une seule chose me fâche après ma mort, c'est que les capucins vous persuaderont que c'est un jugement de Dieu contre moi. Convenez avec moi qu'il n'y a rien de plus naturel qu'une arquebusade tue un soldat. Ils disent que le coup a été tiré de notre côté : c'est sans doute quelque jaloux rancunier qui m'a fait assassiner. Faites-le pendre haut et court, si vous l'attrapez. Écoutez, don Juan, j'ai deux maîtresses à Anvers, trois à Bruxelles, et d'autres ailleurs que je ne me rappelle guère... ma mémoire se trouble... Je vous les lègue... faute de mieux. Prenez encore mon épée... et surtout n'oubliez pas la botte que je vous ai apprise... Adieu..., et, au lieu de messes, que mes camarades se réunissent dans une glorieuse orgie après mon enterrement. »

Telles furent à peu près ses dernières paroles. De Dieu, de l'autre monde, il se s'en soucia pas plus qu'il ne l'avait fait étant plein de vie et de force. Il mourut le sourire sur les lèvres, la vanité lui donnant la force de soutenir jusqu'au bout le rôle détestable qu'il avait si longtemps joué. Modesto ne reparut plus. Toute l'armée fut persuadée qu'il était l'assassin de don Garcia ; mais on se perdait en vaines conjectures sur les motifs qui l'avaient poussé à ce meurtre.

Don Juan regretta don Garcia plus qu'il n'aurait fait son frère. Il se disait, l'insensé ! qu'il lui devait tout. C'était lui qui l'avait initié aux mystères de la vie, qui avait détaché de ses yeux l'écaille épaisse qui les couvrait. Qu'étais-je avant de le connaître ? se demandait-il, et son amour-propre lui disait qu'il était devenu un être supérieur aux autres hommes. Enfin tout le mal qu'en réalité lui avait fait la connaissance de cet athée, il le changeait en bien, et il en était aussi reconnaissant qu'un disciple doit l'être à l'égard de son maître.

Les tristes impressions que lui laissa cette mort si soudaine demeurèrent assez longtemps dans son esprit pour l'obliger à changer pendant plusieurs mois son genre de vie. Mais peu à peu il revint à ses anciennes habitudes, maintenant trop enracinées en lui pour qu'un accident pût les changer. Il se remit à jouer, à boire, à courtiser les femmes et à se battre avec les maris. Tous les jours il avait de nouvelles aventures. Aujourd'hui montant à une brèche, le lendemain escaladant un balcon ; le matin ferraillant avec un mari, le soir buvant avec des courtisanes.

Au milieu de ses débauches il apprit que son père venait de mourir ; sa mère ne lui avait survécu que de quelques jours, en sorte qu'il reçut les deux nouvelles à la fois. Les hommes d'affaires, d'accord avec son propre goût, lui conseillaient de retourner en Espagne et de prendre possession du majorat et des grands biens dont il venait d'hériter. Depuis longtemps il avait obtenu sa grâce pour la mort de don Alonso de Ojeda, le père de doña Fausta, et il regardait cette affaire comme entièrement terminée. D'ailleurs, il avait envie de s'exercer sur un plus grand théâtre. Il pensait aux délices de Séville et aux nombreuses beautés qui n'attendaient, sans doute, que son arrivée pour se rendre à discrétion. Quittant donc la cuirasse, il partit pour l'Espagne. Il séjourna quelque temps à Madrid ; se fit remarquer dans une course de taureaux par la richesse de son costume et son adresse à piquer[1] ; il y fit quelques conquêtes, mais ne s'y arrêta pas longtemps. Arrivé à Séville, il éblouit petits et grands par son faste et sa magnificence. Tous les jours il donnait des fêtes nouvelles où il invitait les plus belles dames de l'Andalousie. Tous les jours nouveaux plaisirs, nouvelles orgies dans son magnifique palais. Il était devenu le roi d'une foule de libertins qui, désordonnés et indisciplinables avec tout le monde, lui obéissaient avec cette docilité qui se trouve trop souvent dans les associations des

1. Percer le cuir du taureau avec une pique.

méchants. Enfin il n'y avait pas de débauche dans laquelle il ne se plongeât, et comme un riche vicieux n'est pas seulement dangereux pour lui-même, son exemple pervertissait la jeunesse andalouse, qui l'élevait aux nues et le prenait pour modèle. Nul doute que, si la Providence eût souffert plus longtemps son libertinage, il n'eût fallu une pluie de feu[1] pour faire justice des désordres et des crimes de Séville. Une maladie, qui retint don Juan dans son lit pendant quelques jours, ne lui inspira pas de retour sur lui-même ; au contraire, il ne demandait à son médecin de lui rendre la santé qu'afin de courir à de nouveaux excès.

Pendant sa convalescence, il s'amusa à dresser une liste de toutes les femmes qu'il avait séduites et de tous les maris qu'il avait trompés. La liste était divisée méthodiquement en deux colonnes. Dans l'une étaient les noms des femmes et leur signalement sommaire ; à côté, le nom de leurs maris et leur profession. Il eut beaucoup de peine à retrouver dans sa mémoire les noms de toutes ces malheureuses, et il est à croire que ce catalogue était loin d'être complet. Un jour, il le montra à un de ses amis qui était venu lui rendre visite ; et comme en Italie il avait eu les faveurs d'une femme qui osait se vanter d'avoir été la maîtresse d'un pape, la liste commençait par son nom, et celui du pape figurait dans la liste des maris. Venait ensuite un prince régnant, puis des ducs, des marquis, enfin jusqu'à des artisans.

« Vois, mon cher, dit-il à son ami ; vois, nul n'a pu m'échapper, depuis le pape jusqu'au cordonnier : il n'y a pas une classe qui ne m'ait fourni sa quote-part. »

Don Torribio, c'était le nom de cet ami, examina le catalogue, et le lui rendit en disant d'un ton de triomphe : « Il n'est pas complet !

1. Allusion au châtiment des villes de Sodome et Gomorrhe, dans la Bible.

— Comment ! pas complet ? Qui manque donc à ma liste de maris ?

— DIEU, répondit don Torribio.

— Dieu ? c'est vrai, il n'y a pas de religieuse. Morbleu ! je te remercie de m'avoir averti. Eh bien ! je te jure ma foi de gentilhomme qu'avant qu'il soit un mois il sera sur ma liste, avant Mgr le pape, et que je te ferai souper ici avec une religieuse. Dans quel couvent de Séville y a-t-il de jolies nonnes ? »

Quelques jours après, don Juan était en campagne. Il se mit à fréquenter les églises des couvents de femmes, s'agenouillant fort près des grilles qui séparent les épouses du Seigneur du reste des fidèles. Là il jetait ses regards effrontés sur ces vierges timides, comme un loup entré dans une bergerie cherche la brebis la plus grasse pour l'immoler la première. Il eut bientôt remarqué, dans l'église de Notre-Dame du Rosaire, une jeune religieuse d'une beauté ravissante, que relevait encore un air de mélancolie répandu sur tous ses traits. Jamais elle ne levait les yeux, ni ne les tournait à droite ou à gauche ; elle paraissait entièrement absorbée par le divin mystère qu'on célébrait devant elle. Ses lèvres remuaient doucement, et il était facile de voir qu'elle priait avec plus de ferveur et d'onction que toutes ses compagnes. Sa vue rappela à don Juan d'anciens souvenirs. Il lui sembla qu'il avait vu cette femme ailleurs, mais il lui était impossible de se rappeler en quel temps et en quel lieu. Tant de portraits étaient plus ou moins bien gravés dans sa mémoire, qu'il lui était impossible de ne pas faire de confusion. Deux jours de suite il revint dans l'église, se plaçant toujours près de la grille, sans pouvoir parvenir à faire lever les yeux à la sœur Agathe. Il avait appris que tel était son nom.

La difficulté de triompher d'une personne si bien gardée par sa position et sa modestie ne servait qu'à irriter les désirs de don Juan[1]. Le point le plus important, et aussi le plus difficile, c'était d'être remarqué. Sa vanité lui persuadait que s'il pouvait seulement attirer l'attention de la sœur Agathe, la victoire était plus qu'à demi gagnée. Voici l'expédient dont il s'avisa pour obliger cette belle personne à lever les yeux. Il se plaça aussi près d'elle qu'il lui fut possible, et, profitant du moment de l'élévation, où tout le monde se prosterne, il passa la main entre les barreaux de la grille et répandit devant la sœur Agathe le contenu d'une fiole d'essence qu'il avait apportée. L'odeur pénétrante qui se développa subitement obligea la jeune religieuse à lever la tête ; et comme don Juan était placé précisément en face d'elle, elle ne put manquer de l'apercevoir. D'abord un vif étonnement se peignit sur tous ses traits, puis elle devint d'une pâleur mortelle ; elle poussa un faible cri et tomba évanouie sur les dalles. Ses compagnes s'empressèrent autour d'elle et l'emportèrent dans sa cellule. Don Juan, en se retirant très content de lui-même, se disait : Cette religieuse est vraiment charmante ; mais plus je la vois, plus il me semble qu'elle doit figurer déjà dans mon catalogue !

Le lendemain, il fut exact à se trouver auprès de la grille à l'heure de la messe. Mais la sœur Agathe n'était pas à sa place ordinaire, sur le premier rang des religieuses ; elle était, au contraire, presque cachée derrière ses compagnes. Néanmoins, don Juan remarqua qu'elle regardait souvent à la dérobée. Il en tira un augure favorable pour sa passion. La petite me craint, pensait-il… elle s'apprivoisera bientôt. La messe finie, il observa qu'elle entrait dans un confessionnal ; mais, pour y arriver, elle passa près de la grille, et laissa tomber son chapelet comme par mégarde. Don Juan avait

1. La recherche de la difficulté dans la conquête, notamment par l'obstacle de la vertu et de la dévotion, est un trait récurrent du mythe de Don Juan que l'on retrouve dans la nouvelle de Barbey d'Aurevilly.

trop d'expérience pour se laisser prendre à cette prétendue distraction. D'abord il pensa qu'il était important pour lui d'avoir ce chapelet ; mais il était de l'autre côté de la grille, et il sentit que pour le ramasser il fallait attendre que tout le monde fût sorti de l'église. Pour attendre ce moment, il s'adossa contre un pilier, dans une attitude méditative, une main placée sur ses yeux, mais les doigts légèrement écartés, en sorte qu'il ne perdait rien des mouvements de la sœur Agathe. Quiconque l'eût vu dans cette posture l'eût pris pour un bon chrétien absorbé dans une pieuse rêverie.

La religieuse sortit du confessionnal et fit quelques pas pour rentrer dans l'intérieur du couvent ; mais elle s'aperçut bientôt ou plutôt elle feignit de s'apercevoir que son chapelet lui manquait. Elle jeta les yeux de tous côtés, et vit qu'il était près de la grille. Elle revint et se baissa pour le ramasser. Dans le moment même, don Juan observa quelque chose de blanc qui passait sous la grille. C'était un très petit papier plié en quatre. Aussitôt la religieuse se retira.

Le libertin, surpris de réussir plus vite qu'il ne s'y était attendu, éprouva une espèce de regret de ne pas rencontrer plus d'obstacles. Tel est à peu près le regret d'un chasseur qui poursuit un cerf, comptant sur une longue et pénible course : tout à coup l'animal tombe, à peine lancé, enlevant ainsi au chasseur le plaisir et le mérite qu'il s'était promis de la poursuite. Toutefois il ramassa promptement le billet, et sortit de l'église pour le lire à son aise. Voici ce qu'il contenait :

C'est vous, don Juan ! Est-il donc vrai que vous ne m'ayez point oubliée ? J'étais bien malheureuse, mais je commençais à m'habituer à mon sort. Je vais être maintenant cent fois plus malheureuse. Je devrais vous haïr… ; vous avez versé le sang de mon père… ; mais je ne puis vous haïr ni vous oublier. Ayez pitié de moi. Ne revenez plus dans cette église ; vous me faites trop de mal. Adieu, adieu, je suis morte au monde.

TERESA.

« Ah ! c'est la Teresita ! se dit don Juan. Je savais bien que je l'avais vue quelque part. » Puis il relut encore le billet. « "Je devrais vous haïr." C'est-à-dire je vous adore. "Vous avez versé le sang de mon père !..." Chimène en disait autant à Rodrigue... "Ne revenez plus dans cette église." C'est-à-dire je vous attends demain. Fort bien ! elle est à moi. » Il alla dîner là-dessus.

Le lendemain, il fut ponctuel à se trouver à l'église avec une lettre toute prête dans sa poche ; mais sa surprise fut grande de ne pas voir paraître la sœur Agathe. Jamais messe ne lui sembla plus longue. Il était furieux. Après avoir maudit cent fois les scrupules de Teresa, il alla se promener sur les bords du Guadalquivir, pour chercher quelque expédient, et voici celui auquel il s'arrêta.

Le couvent de Notre-Dame du Rosaire était renommé parmi ceux de Séville pour les excellentes confitures que les sœurs y préparaient. Il alla au parloir, demanda la tourière[1], et se fit donner la liste de toutes les confitures qu'elle avait à vendre. « N'auriez-vous pas des citrons à la Maraña ? » demanda-t-il de l'air le plus naturel du monde.

« Des citrons à la Maraña, seigneur cavalier ? Voici la première fois que j'entends parler de ces confitures-là.

— Rien n'est plus à la mode pourtant, et je m'étonne que dans une maison comme la vôtre on n'en fasse pas beaucoup.

— Citrons à la Maraña ?

— À la Maraña, répéta don Juan en pesant sur chaque syllabe. Il est impossible que quelqu'une de vos religieuses

1. Religieuse chargée des relations avec l'extérieur du couvent.

ne sache pas la recette pour les faire. Demandez, je vous prie, à ces dames si elles ne connaissent pas ces confitures-là. Demain je repasserai.»

Quelques minutes après il n'était question dans tout le couvent que des citrons à la Maraña. Les meilleures confiseuses n'en avaient jamais entendu parler. La sœur Agathe seule savait le procédé. Il fallait ajouter de l'eau de rose, des violettes, etc., à des citrons ordinaires, puis… Elle se chargeait de tout. Don Juan, lorsqu'il revint, trouva un pot de citrons à la Maraña ; c'était, à la vérité, un mélange abominable au goût ; mais, sous l'enveloppe du pot, se trouvait un billet de la main de Teresa. C'était de nouvelles prières de renoncer à elle et de l'oublier. La pauvre fille cherchait à se tromper elle-même. La religion, la piété filiale et l'amour se disputaient le cœur de cette infortunée ; mais il était aisé de s'apercevoir que l'amour était le plus puissant. Le lendemain, don Juan envoya un de ses pages au couvent avec une caisse contenant des citrons qu'il voulait faire confire, et qu'il recommandait particulièrement à la religieuse qui avait préparé les confitures achetées la veille. Au fond de la caisse était adroitement cachée une réponse aux lettres de Teresa. Il lui disait : « J'ai été bien malheureux. C'est une fatalité qui a conduit mon bras. Depuis cette nuit funeste je n'ai cessé de penser à toi. Je n'osais espérer que tu ne me haïrais pas. Enfin je t'ai retrouvée. Cesse de me parler des serments que tu as prononcés. Avant de t'engager au pied des autels, tu m'appartenais. Tu n'as pu disposer de ton cœur qui était à moi… Je viens réclamer un bien que je préfère à la vie. Je périrai ou tu me seras rendue. Demain j'irai te demander au parloir. Je n'ai pas osé m'y présenter avant de t'avoir prévenue. J'ai craint que ton trouble ne nous trahît. Arme-toi de courage. Dis-moi si la tourière peut être gagnée.» Deux gouttes d'eau adroitement jetées sur le papier figuraient des larmes répandues en écrivant.

Quelques heures après, le jardinier du couvent lui apporta une réponse et lui fit offre de ses services. La tourière était incorruptible ; la sœur Agathe consentait à descendre au parloir, mais à condition que ce serait pour dire et recevoir un adieu éternel.

La malheureuse Teresa parut au parloir plus morte que vive. Il fallut qu'elle tînt la grille à deux mains pour se soutenir. Don Juan, calme et impassible, savourait avec délices le trouble où il la jetait. D'abord, et pour donner le change à la tourière, il parla d'un air dégagé des amis que Teresa avait laissés à Salamanque, et qui l'avaient chargé de lui porter leurs compliments. Puis, profitant d'un moment où la tourière s'était éloignée, il dit très bas et très vite à Teresa :

« Je suis résolu à tout tenter pour te tirer d'ici. S'il faut mettre le feu au couvent, je le brûlerai. Je ne veux rien entendre. Tu m'appartiens. Dans quelques jours tu seras à moi, ou je périrai ; mais bien d'autres périront avec moi. »

La tourière se rapprocha. Doña Teresa suffoquait et ne pouvait articuler un mot. Don Juan cependant, d'un ton d'indifférence, parlait de confitures, des travaux d'aiguille qui occupaient les religieuses, promettait à la tourière de lui envoyer des chapelets bénits à Rome, et de donner une robe de brocart pour habiller la sainte patronne de la communauté le jour de sa fête. Après une demi-heure de semblable conversation, il salua Teresa d'un air respectueux et grave la laissant dans un état d'agitation et de désespoir impossible à décrire. Elle courut s'enfermer dans sa cellule, et sa main, plus obéissante que sa langue, traça une longue lettre de reproches, de prières et de lamentations. Mais elle ne pouvait s'empêcher d'avouer son amour, et elle s'excusait de cette faute par la pensée qu'elle l'expiait bien en refusant de se rendre aux prières de son amant. Le jardinier, qui se chargeait de cette correspondance criminelle, apporta bientôt une réponse. Don Juan menaçait toujours de se porter aux dernières extrémités. Il avait cent braves à son service. Le sacrilège ne l'effrayait pas. Il serait heureux de mourir, pourvu qu'il eût serré encore une fois son amie entre ses bras. Que pouvait faire cette faible enfant habituée à céder à un homme qu'elle adorait ? Elle passait les nuits à pleurer, et le jour elle ne pouvait prier, l'image de don Juan la suivait partout ; et même, quand elle accompagnait ses compagnes dans leurs exercices de piété, son corps faisait machinalement les gestes d'une personne qui prie, mais son cœur était tout entier à sa funeste passion.

Au bout de quelques jours elle n'eut plus la force de résister. Elle annonça à don Juan qu'elle était prête à tout. Elle se voyait perdue de toute manière, et elle s'était dit que, mourir pour mourir, il valait mieux avoir auparavant un instant de bonheur. Don Juan, au comble de la joie, prépara tout pour l'enlever. Il choisit une nuit sans lune. Le jardinier porta à Teresa une échelle de soie qui devait lui servir à franchir les murs du couvent. Un paquet contenant un costume de ville serait caché dans un endroit convenu du jardin, car il ne fallait pas songer à sortir dans la rue avec des vêtements de religieuse. Don Juan l'attendrait au pied du mur. À quelque distance, une litière attelée de mules vigoureuses serait préparée pour la mener rapidement dans une maison de campagne. Là elle serait soustraite à toutes les poursuites, elle vivrait tranquille et heureuse avec son amant. Tel était le plan que don Juan traça lui-même. Il fit faire des habits convenables, essaya l'échelle de corde, joignit une instruction sur la manière de l'attacher ; enfin il ne négligea rien de ce qui pouvait assurer le succès de son entreprise. Le jardinier était sûr, et il avait trop à gagner à être fidèle pour qu'on pût douter de lui. Au surplus, des mesures étaient prises pour qu'il fût assassiné la nuit d'après l'enlèvement. Enfin il semblait que cette trame était si habilement ourdie que rien ne pût la rompre.

Afin d'éviter les soupçons, don Juan partit pour le château de Maraña deux jours avant celui qu'il avait fixé pour l'enlèvement. C'était dans ce château qu'il avait passé la plus grande partie de son enfance ; mais depuis son retour à Séville il n'y était pas entré. Il y arriva à la nuit tombante, et son premier soin fut de bien souper. Ensuite il se fit déshabiller et se mit au lit. Il avait fait allumer dans sa chambre deux grands flambeaux de cire, et sur la table était un livre de contes libertins. Après avoir lu quelques pages, se sentant sur le point de s'endormir, il ferma le livre et éteignit un des flambeaux. Avant d'éteindre le second, il promena avec distraction ses regards par toute la chambre, et tout d'un coup il avisa dans son alcôve le tableau qui représentait les tourments du purgatoire, tableau qu'il avait si souvent considéré dans son enfance. Involontairement ses yeux se reportèrent sur l'homme dont un serpent dévorait les entrailles, et, bien que cette représentation lui inspirât alors encore plus d'horreur qu'autrefois, ils ne pouvaient s'en détacher. En même temps il se rappela la figure du capitaine Gomare et les effroyables contorsions que la mort avait gravées sur ses traits. Cette idée le fit tressaillir, et il sentit ses cheveux se hérisser sur sa tête. Cependant, rappelant son courage, il éteignit la dernière bougie, espérant que l'obscurité le délivrerait des images hideuses qui le persécutaient. L'obscurité augmenta encore sa terreur. Ses yeux se dirigeaient toujours vers le tableau qu'il ne pouvait voir ; mais il lui était tellement familier qu'il se peignait à son imagination aussi nettement que s'il eût été grand jour. Parfois même il lui semblait que les figures s'éclairaient et devenaient lumineuses, comme si le feu du purgatoire, que l'artiste avait peint, eût été une flamme réelle. Enfin son agitation fut si grande qu'il appela à grands cris ses domestiques pour faire enlever le tableau qui lui causait tant de frayeur. Eux entrés dans sa chambre, il eut honte de sa faiblesse. Il pensa que ses gens se moqueraient de lui s'ils venaient à savoir qu'il avait peur d'une peinture. Il se contenta de dire, du son de voix le plus naturel qu'il put prendre, que l'on rallumât les bougies et qu'on le laissât seul. Puis il se remit alors à lire ; mais ses yeux seuls parcouraient le livre, son esprit était au tableau. En proie à une agitation indicible, il passa ainsi une nuit sans sommeil.

Aussitôt que le jour parut il se leva à la hâte et sortit pour aller chasser. L'exercice et l'air frais du matin le calmèrent peu à peu, et les impressions excitées par la vue du tableau avaient disparu lorsqu'il rentra dans son château. Il se mit à table et but beaucoup. Déjà il était un peu étourdi lorsqu'il alla se coucher. Par son ordre un lit lui avait été préparé dans une autre chambre, et l'on pense bien qu'il n'eut garde d'y faire porter le tableau ; mais il en avait gardé le souvenir, qui fut assez puissant pour le tenir encore éveillé pendant une partie de la nuit.

Au reste, ces terreurs ne lui inspirèrent pas le repentir de sa vie passée. Il s'occupait toujours de l'enlèvement qu'il avait projeté ; et, après avoir donné tous les ordres nécessaires à ses domestiques, il partit seul pour Séville par la grande chaleur du jour afin de n'y arriver qu'à la nuit. Effectivement il était nuit noire quand il passa près de la tour del Lloro[1], où un de ses domestiques l'attendait. Il lui remit son cheval, s'informa si la litière et les mules étaient prêtes. Suivant ses ordres, elles devaient l'attendre dans une rue assez voisine du couvent pour qu'il pût s'y rendre promptement à pied avec Teresa, et cependant pas assez près pour exciter les soupçons de la ronde, si elle venait à les rencontrer. Tout était prêt, ses instructions avaient été exécutées à la lettre. Il vit qu'il avait encore une heure à attendre avant

1. La torre del Oro (tour de l'Or) est une tour d'observation militaire sur le bord du Guadalquivir.

de pouvoir donner le signal convenu à Teresa. Son domestique lui jeta un grand manteau brun sur les épaules, et il entra seul dans Séville par la porte de Triana, se cachant la figure de manière à n'être pas reconnu. La chaleur et la fatigue le forcèrent de s'asseoir sur un banc dans une rue déserte. Là il se mit à siffler et à fredonner les airs qui lui revinrent à la mémoire. De temps en temps il consultait sa montre et voyait avec chagrin que l'aiguille n'avançait pas au gré de son impatience… Tout à coup une musique lugubre et solennelle vint frapper son oreille. Il distingua d'abord les chants que l'Église a consacrés aux enterrements. Bientôt une procession tourna le coin de la rue et s'avança vers lui. Deux longues files de pénitents portant des cierges allumés précédaient une bière couverte de velours noir et portée par plusieurs figures habillées à la mode antique, la barbe blanche et l'épée au côté. La marche était fermée par deux files de pénitents en deuil et portant des cierges comme les premiers. Tout ce convoi s'avançait lentement et gravement. On n'entendait pas le bruit des pas sur le pavé, et l'on eût dit que chaque figure glissait plutôt qu'elle ne marchait. Les plis longs et roides des robes et des manteaux semblaient aussi immobiles que les vêtements de marbre des statues.

À ce spectacle, don Juan éprouva d'abord cette espèce de dégoût que l'idée de la mort inspire à un épicurien. Il se leva et voulut s'éloigner, mais le nombre des pénitents et la pompe du cortège le surprirent et piquèrent sa curiosité. La procession se dirigeant vers une église voisine dont les portes venaient de s'ouvrir avec bruit, don Juan arrêta par la manche une des figures qui portaient des cierges et lui demanda poliment quelle était la personne qu'on allait enterrer. Le pénitent leva la tête : sa figure était pâle et décharnée comme celle d'un homme qui sort d'une longue et douloureuse maladie. Il répondit d'une voix sépulcrale : « C'est le comte don Juan de Maraña. »

Cette étrange réponse fit dresser les cheveux sur la tête de don Juan ; mais l'instant d'après il reprit son sang-froid et se mit à sourire. « J'aurai mal entendu, se dit-il, ou ce vieillard se sera trompé. » Il entra dans l'église en même temps que la procession. Les chants funèbres recommencèrent, accompagnés par le son éclatant de l'orgue ; et des prêtres vêtus de chapes de deuil entonnèrent le *De profundis*[1]. Malgré ses efforts pour paraître calme, don Juan sentit son sang se figer. S'approchant d'un autre pénitent, il lui dit : « Quel est donc le mort que l'on enterre ? — Le comte don Juan de Maraña », répondit le pénitent d'une voix creuse et effrayante. Don Juan s'appuya contre une colonne pour ne pas tomber. Il se sentait défaillir, et tout son courage l'avait abandonné. Cependant le service continuait, et les voûtes de l'église grossissaient encore les éclats de l'orgue et des voix qui chantaient le terrible *Dies irae*[2]. Il lui semblait entendre les chœurs des anges au jugement dernier. Enfin, faisant un effort, il saisit la main d'un prêtre qui passait près de lui. Cette main était froide comme du marbre.

« Au nom du ciel ! mon père, s'écria-t-il, pour qui priez-vous ici, et qui êtes-vous ?

— Nous prions pour le comte don Juan de Maraña, répondit le prêtre en le regardant fixement avec une expression de douleur. Nous prions pour son âme, qui est en péché mortel, et nous sommes des âmes que les messes et les prières de sa mère ont tirées des flammes du purgatoire. Nous payons au fils la dette de la mère ; mais cette messe, c'est la dernière qu'il nous est permis de dire pour l'âme du comte don Juan de Maraña. »

En ce moment l'horloge de l'église sonna un coup : c'était l'heure fixée pour l'enlèvement de Teresa.

1. Prière pour les défunts (premiers mots latins du psaume 130).
2. Chant liturgique interprété lors de la messe des morts.

« Le temps est venu ! s'écria une voix qui partait d'un angle obscur de l'église, le temps est venu ! est-il à nous ? »

Don Juan tourna la tête et vit une apparition horrible. Don Garcia, pâle et sanglant, s'avançait avec le capitaine Gomare, dont les traits étaient encore agités d'horribles convulsions. Ils se dirigèrent tous deux vers la bière, et don Garcia, en jetant le couvercle à terre avec violence, répéta : « Est-il à nous ? » En même temps un serpent gigantesque s'éleva derrière lui, et, le dépassant de plusieurs pieds, semblait prêt à s'élancer dans la bière… Don Juan s'écria : « Jésus ! » et tomba évanoui sur le pavé.

La nuit était fort avancée lorsque la ronde qui passait aperçut un homme étendu sans mouvement à la porte d'une église. Les archers s'approchèrent, croyant que c'était le cadavre d'un homme assassiné. Ils reconnurent aussitôt le comte de Maraña, et ils essayèrent de le ranimer en lui jetant de l'eau fraîche au visage ; mais, voyant qu'il ne reprenait pas connaissance, ils le portèrent à sa maison. Les uns disaient qu'il était ivre, d'autres qu'il avait reçu quelque bastonnade d'un mari jaloux. Personne, ou du moins pas un homme honnête ne l'aimait à Séville, et chacun disait son mot. L'un bénissait le bâton qui l'avait si bien étourdi, l'autre demandait combien de bouteilles pouvaient tenir dans cette carcasse sans mouvements. Les domestiques de don Juan reçurent leur maître des mains des archers et coururent chercher un chirurgien. On lui fit une abondante saignée, et il ne tarda pas à reprendre ses sens. D'abord il ne fit entendre que des mots sans suite, des cris inarticulés, des sanglots et des gémissements. Peu à peu il parut considérer avec attention tous les objets qui l'environnaient. Il demanda où il était, puis ce qu'étaient devenus le capitaine Gomare, don Garcia et la procession. Ses gens le crurent fou. Cependant, après avoir pris un cordial, il se fit apporter un crucifix et le baisa quelque temps en répandant un torrent de larmes. Ensuite il ordonna qu'on lui amenât un confesseur.

La surprise fut générale, tant son impiété était connue. Plusieurs prêtres, appelés par ses gens, refusèrent de se rendre auprès de lui, persuadés qu'il leur préparait quelque méchante plaisanterie. Enfin, un moine dominicain consentit à le voir. On les laissa seuls, et don Juan, s'étant jeté à ses pieds, lui raconta la vision qu'il avait eue ; puis il se confessa. En faisant le récit de chacun de ses crimes, il s'interrompait pour demander s'il était possible qu'un aussi grand pécheur que lui obtînt jamais le pardon céleste. Le religieux répondait que la miséricorde de Dieu était infinie. Après l'avoir exhorté à persévérer dans son repentir et lui avoir donné les consolations que la religion ne refuse pas aux plus grands criminels, le dominicain se retira, en lui promettant de revenir le soir. Don Juan passa toute la journée en prières. Lorsque le dominicain revint, il lui déclara que sa résolution était prise de se retirer d'un monde où il avait donné tant de scandale, et de chercher à expier dans les exercices de la pénitence les crimes énormes dont il s'était souillé. Le moine, touché de ses larmes, l'encouragea de son mieux, et, pour reconnaître s'il aurait le courage de suivre sa détermination, il lui fit un tableau effrayant des austérités du cloître. Mais, à chaque mortification qu'il décrivait, don Juan s'écriait que ce n'était rien, et qu'il méritait des traitements bien plus rigoureux.

Dès le lendemain il fit don de la moitié de sa fortune à ses parents, qui étaient pauvres ; il en consacra une autre partie à fonder un hôpital et à bâtir une chapelle ; il distribua des sommes considérables aux pauvres, et fit dire un grand nombre de messes pour les âmes du purgatoire, surtout pour celles du capitaine Gomare et des malheureux qui avaient succombé en se battant en duel contre lui. Enfin il assembla tous ses amis, et s'accusa devant eux des mauvais exemples qu'il leur avait donnés si longtemps ; il leur peignit d'une manière pathétique les remords que lui causait sa conduite passée, et les espérances qu'il osait concevoir pour l'avenir. Plusieurs de ces libertins furent touchés, et s'amendèrent ; d'autres, incorrigibles, le quittèrent avec de froides railleries.

Avant d'entrer dans le couvent qu'il avait choisi pour retraite, don Juan écrivit à doña Teresa. Il lui avouait ses projets honteux, lui racontait sa vie, sa conversion, et lui demandait son pardon, l'engageant à profiter de son exemple et à chercher son salut dans le repentir. Il confia cette lettre au dominicain après lui en avoir montré le contenu.

La pauvre Teresa avait longtemps attendu dans le jardin du couvent le signal convenu ; après avoir passé plusieurs heures dans une indicible agitation, voyant que l'aube allait paraître, elle rentra dans sa cellule, en proie à la plus vive douleur. Elle attribuait l'absence de don Juan à mille causes toutes bien éloignées de la vérité. Plusieurs jours se passèrent de la sorte, sans qu'elle reçût de ses nouvelles et sans qu'aucun message vînt adoucir son désespoir. Enfin le moine, après avoir conféré avec la supérieure, obtint la permission de la voir, et lui remit la lettre de son séducteur repentant. Tandis qu'elle la lisait, on voyait son front se couvrir de grosses gouttes de sueur : tantôt elle devenait rouge comme le feu, tantôt pâle comme la mort. Elle eut pourtant le courage d'achever cette lecture. Le dominicain alors essaya de lui peindre le repentir de don Juan, et de la féliciter d'avoir échappé au danger épouvantable qui les attendait tous les deux, si leur projet n'eût pas avorté par une intervention évidente de la Providence. Mais, à toutes ces exhortations, doña Teresa s'écriait : « Il ne m'a jamais aimée ! » Une fièvre ardente s'empara de cette malheureuse ; en vain les secours de l'art et de la religion lui furent prodigués : elle repoussa les uns et parut insensible aux autres. Elle expira au bout de quelques jours en répétant toujours : « Il ne m'a jamais aimée ! »

Don Juan, ayant pris l'habit de novice, montra que sa conversion était sincère. Il n'y avait pas de mortifications ou de pénitences qu'il ne trouvât trop douces ; et le supérieur du couvent était souvent obligé de lui ordonner de mettre des bornes aux macérations dont il tourmentait son corps. Il lui représentait qu'ainsi il abrégerait ses jours, et qu'en réalité il y avait plus de courage à souffrir longtemps des mortifications modérées qu'à finir tout d'un coup sa pénitence en s'ôtant la vie. Le temps du noviciat expiré, don Juan prononça ses vœux, et continua, sous le nom de frère Ambroise, à édifier toute la maison par son austérité. Il portait une haire[1] de crin de cheval par-dessous sa robe de bure ; une espèce de boîte étroite, moins longue que son corps, lui servait de lit. Des légumes cuits à l'eau composaient toute sa nourriture, et ce n'était que les jours de fête, et sur l'ordre exprès de son supérieur, qu'il consentait à manger du pain. Il passait la plus grande partie des nuits à veiller et à prier, les bras étendus en croix ; enfin il était l'exemple de cette dévote communauté, comme autrefois il avait été le modèle des libertins de son âge. Une maladie épidémique, qui s'était déclarée à Séville, lui fournit l'occasion d'exercer les vertus nouvelles que sa conversion lui avait données. Les malades étaient reçus dans l'hôpital qu'il avait fondé ; il soignait les pauvres, passait les journées auprès de leurs lits, les exhortant, les encourageant, les consolant. Tel était le danger de la contagion, que l'on ne pouvait trouver, à prix d'argent, des hommes qui voulussent ensevelir les morts. Don Juan remplissait ce ministère ; il allait dans les maisons abandonnées, et donnait la sépulture aux cadavres en dissolution, qui souvent s'y trouvaient depuis plusieurs

1. Chemise rugueuse portée pour faire pénitence.

jours. Partout on le bénissait, et comme pendant cette terrible épidémie il ne fut jamais malade, quelques gens crédules assurèrent que Dieu avait fait un nouveau miracle en sa faveur.

Déjà, depuis plusieurs années, don Juan ou frère Ambroise habitait le cloître, et sa vie n'était qu'une suite non interrompue d'exercices de piété et de mortifications. Le souvenir de sa vie passée était toujours présent à sa mémoire, mais ses remords étaient déjà tempérés par la satisfaction de conscience que lui donnait son changement.

Un jour, après midi, au moment où la chaleur se fait sentir avec le plus de force, tous les frères du couvent goûtaient quelque repos, suivant l'usage. Le seul frère Ambroise travaillait dans le jardin, tête nue, au soleil ; c'était une des pénitences qu'il s'était imposées. Courbé sur sa bêche, il vit l'ombre d'un homme qui s'arrêtait auprès de lui. Il crut que c'était un des moines qui était descendu au jardin, et, tout en continuant sa tâche, il le salua d'un *Ave Maria*. Mais on ne répondit pas. Surpris de voir cette ombre immobile, il leva les yeux et aperçut debout, devant lui, un grand jeune homme couvert d'un manteau qui tombait jusqu'à terre, et la figure à demi cachée par un chapeau ombragé d'une plume blanche et noire. Cet homme le contemplait en silence avec une expression de joie maligne et de profond mépris. Ils se regardèrent fixement tous les deux pendant quelques minutes. Enfin l'inconnu, avançant d'un pas et relevant son chapeau pour montrer ses traits, lui dit : « Me reconnaissez-vous ? »

Don Juan le considéra avec plus d'attention, mais ne le reconnut pas.

« Vous souvenez-vous du siège de Berg-op-Zoom ? demanda l'inconnu. Avez-vous oublié un soldat nommé Modesto ?... »

Don Juan tressaillit. L'inconnu poursuivit froidement...

« Un soldat nommé Modesto, qui tua d'un coup d'arquebuse votre digne ami don Garcia, au lieu de vous qu'il visait ?... Modesto ! c'est moi. J'ai encore un autre nom, don Juan : je me nomme don Pedro de Ojeda ; je suis le fils de don Alfonso de Ojeda que vous avez tué ; — je suis le frère de doña Fausta de Ojeda que vous avez tuée, — je suis le frère de doña Teresa de Ojeda que vous avez tuée.

— Mon frère, dit don Juan en s'agenouillant devant lui, je suis un misérable couvert de crimes. C'est pour les expier que je porte cet habit et que j'ai renoncé au monde. S'il est quelque moyen d'obtenir de vous mon pardon, indiquez-le-moi. La plus rude pénitence ne m'effrayera pas si je puis obtenir que vous ne me maudissiez point. »

Don Pedro sourit amèrement. « Laissons là l'hypocrisie, seigneur de Maraña ; je ne pardonne pas. Quant à mes malédictions, elles vous sont acquises. Mais je suis trop impatient pour en attendre l'effet. Je porte sur moi quelque chose de plus efficace que des malédictions. »

À ces mots, il jeta son manteau et montra qu'il tenait deux longues rapières de combat. Il les tira du fourreau et les planta en terre toutes les deux. « Choisissez, don Juan, dit-il. On dit que vous êtes un grand spadassin, je me pique d'êtres adroit à l'escrime. Voyons ce que vous savez faire. »

Don Juan fit le signe de la croix et dit : « Mon frère, vous oubliez les vœux que j'ai prononcés. Je ne suis plus le don Juan que vous avez connu, je suis le frère Ambroise.

— Eh bien ! frère Ambroise, vous êtes mon ennemi, et quelque nom que vous portiez je vous hais, et je veux me venger de vous. »

Don Juan se remit devant lui à genoux.

« Si c'est ma vie que vous voulez prendre, mon frère, elle est à vous. Châtiez-moi comme vous le désirez.

— Lâche hypocrite ! me crois-tu ta dupe ? Si je voulais te tuer comme un chien enragé, me serais-je donné la peine d'apporter ces armes ? Allons, choisis promptement et défends ta vie.

— Je vous le répète, mon frère, je ne puis combattre[1], mais je puis mourir.

— Misérable ! s'écria don Pedro en fureur, on m'avait dit que tu avais du courage. Je vois que tu n'es qu'un vil poltron !

— Du courage, mon frère ? je demande à Dieu qu'il m'en donne pour ne pas m'abandonner au désespoir où me jetterait, sans son secours, le souvenir de mes crimes. Adieu, mon frère ; je me retire, car je vois bien que ma vue vous aigrit. Puisse mon repentir vous paraître un jour aussi sincère qu'il l'est en réalité ! »

Il faisait quelques pas pour quitter le jardin, lorsque don Pedro l'arrêta par la manche. « Vous ou moi, s'écria-t-il, nous ne sortirons pas vivants d'ici. Prenez une de ces épées, car le diable m'emporte si je crois un mot de toutes vos jérémiades ! »

Don Juan lui jeta un regard suppliant, et fit encore un pas pour s'éloigner ; mais don Pedro le saisissant avec force et le tenant par le collet : « Tu crois donc, meurtrier infâme, que tu pourras te tirer de mes mains ! Non ! je vais mettre en pièces ta robe hypocrite qui cache le pied fourchu du diable, et alors, peut-être, te sentiras-tu assez de cœur pour te battre avec moi. » En parlant ainsi, il le poussait rudement contre la muraille.

« Seigneur Pedro de Ojeda, s'écria don Juan, tuez-moi si vous le voulez, je ne me battrai pas ! » et il croisa les bras, regardant fixement don Pedro d'un air calme, quoique assez fier.

« Oui, je te tuerai, misérable ! mais avant je te traiterai comme un lâche que tu es. »

---

1. Chez Molière, Dom Juan répond de la même manière au frère d'Elvire, mais de façon totalement hypocrite.

Et il lui donna un soufflet, le premier que don Juan eût jamais reçu. Le visage de don Juan devint d'un rouge pourpre. La fierté et la fureur de sa jeunesse rentrèrent dans son âme. Sans dire un mot, il s'élança vers une des épées et s'en saisit. Don Pedro prit l'autre et se mit en garde. Tous les deux s'attaquèrent avec fureur et se fendirent l'un sur l'autre à la fois et avec la même impétuosité. L'épée de don Pedro se perdit dans la robe de laine de don Juan et glissa à côté du corps sans le blesser, tandis que celle de don Juan s'enfonça jusqu'à la garde dans la poitrine de son adversaire. Don Pedro expira sur-le-champ. Don Juan, voyant son ennemi étendu à ses pieds, demeura quelque temps immobile à le contempler d'un air stupide. Peu à peu, il revint à lui et reconnut la grandeur de son nouveau crime. Il se précipita sur le cadavre et essaya de le rappeler à la vie. Mais il avait vu trop de blessures pour douter un moment que celle-là ne fût mortelle. L'épée sanglante était à ses pieds et semblait s'offrir à lui pour qu'il se punît lui-même ; mais, écartant bien vite cette nouvelle tentation du démon, il courut chez le supérieur et se précipita tout effaré dans sa cellule. Là, prosterné à ses pieds, il lui raconta cette terrible scène en versant un torrent de larmes. D'abord le supérieur ne voulut pas le croire, et sa première idée fut que les grandes macérations que s'imposait le frère Ambroise lui avaient fait perdre la raison. Mais le sang qui couvrait la robe et les mains de don Juan ne lui permit pas de douter plus longtemps de l'horrible vérité. C'était un homme rempli de présence d'esprit. Il comprit aussitôt tout le scandale qui rejaillirait sur le couvent si cette aventure venait à se répandre dans le public. Personne n'avait vu le duel. Il s'occupa de le cacher aux habitants mêmes du couvent. Il ordonna à don Juan de le suivre, et, aidé par lui, transporta le cadavre dans une salle basse dont il prit la clef. Ensuite, enfermant don Juan dans sa cellule, il sortit pour aller prévenir le corrégidor.

On s'étonnera peut-être que don Pedro, qui avait déjà essayé de tuer don Juan en trahison, ait rejeté la pensée d'un second assassinat, et cherché à se défaire de son ennemi dans un combat à armes égales ; mais ce n'était de sa part qu'un calcul de vengeance infernale. Il avait entendu parler des austérités de don Juan, et sa réputation de sainteté était si répandue, que don Pedro ne doutait point que, s'il l'assassinait, il ne l'envoyât tout droit dans le ciel. Il espéra qu'en le provoquant et l'obligeant à se battre, il le tuerait en péché mortel, et perdrait ainsi son corps et son âme. On a vu comment ce dessein diabolique tourna contre son auteur.

Il ne fut pas difficile d'assoupir l'affaire. Le corrégidor s'entendit avec le supérieur du couvent pour détourner les soupçons. Les autres moines crurent que le mort avait succombé dans un duel avec un cavalier inconnu, et qu'il avait été porté blessé dans le couvent, où il n'avait pas tardé à expirer. Quant à don Juan, je n'essayerai de peindre ni ses remords ni son repentir. Il accomplit avec joie toutes les pénitences que le supérieur lui imposa. Pendant toute sa vie, il conserva, suspendue au pied de son lit, l'épée dont il avait percé don Pedro, et jamais il ne la regardait sans prier pour son âme et pour celles de sa famille. Afin de mater le reste d'orgueil mondain qui demeurait encore dans son cœur, l'abbé lui avait ordonné de se présenter chaque matin au cuisinier du couvent, qui devait lui donner un soufflet. Après l'avoir reçu, le frère Ambroise ne manquait jamais de tendre l'autre joue, en remerciant le cuisinier de l'humilier ainsi. Il vécut encore dix années dans ce cloître, et jamais sa pénitence ne fut interrompue par un retour aux passions de sa jeunesse. Il mourut vénéré comme un saint, même par ceux qui avaient connu ses premiers déportements. Sur son lit de mort, il demanda comme une grâce qu'on l'enterrât sous le seuil de l'église, afin qu'en y entrant chacun le foulât aux pieds. Il voulut encore que sur son tombeau on gravât cette inscription : *Ci-gît le pire homme qui fût au monde.* Mais on ne jugea pas à propos d'exécuter toutes les dispositions dictées par son excessive humilité. Il fut enseveli auprès du maître-autel de la chapelle qu'il avait fondée. On consentit, il est vrai, à graver sur la pierre qui couvre sa dépouille mortelle l'inscription qu'il avait composée ; mais on y ajouta un récit et un éloge de sa conversion. Son hôpital, et surtout la chapelle où il est enterré, sont visités par tous les étrangers qui passent à Séville. Murillo[1] a décoré la chapelle de plusieurs de ses chefs-d'œuvre. Le Retour de l'Enfant prodigue et la Piscine de Jéricho, qu'on admire maintenant dans la galerie de M. le maréchal Soult[2], ornaient autrefois les murailles de l'hôpital de la Charité.

1. Peintre espagnol (1618-1682).
2. Maréchal d'Empire qui pilla Séville lors de l'occupation de la ville par les troupes françaises. Les deux œuvres en question sont désormais dans les collections de la National Gallery of Art à Washington et de la National Gallery de Londres.

Le Plus Bel Amour de Don Juan

Le meilleur régal du diable, c'est une innocence.

(A[1].)

I

« Il vit donc toujours, ce vieux mauvais sujet ?

— Par Dieu ! s'il vit ! — et par l'ordre de Dieu, Madame, fis-je en me reprenant, car je me souvins qu'elle était dévote, — et de la paroisse de Sainte-Clotilde[2] encore, la paroisse des ducs ! — Le roi est mort ! Vive le roi ! disait-on sous l'ancienne monarchie avant qu'elle fût cassée, cette vieille porcelaine de Sèvres. Don Juan, lui, malgré toutes les démocraties, est un monarque qu'on ne cassera pas.

— Au fait, le diable est immortel ! dit-elle comme une raison qu'elle se serait donnée.

— Il a même…

— Qui ?… le diable ?…

— Non, Don Juan… soupé, il y a trois jours, en goguette. Devinez où ?…

— À votre affreuse Maison-d'Or[3], sans doute…

---

1. Citation anonyme. L'initiale « A. » semble orienter vers le nom d'Aurevilly.

2. Paroisse du faubourg Saint-Germain à Paris, quartier aristocratique.

3. Restaurant du boulevard des Italiens, à Paris, très à la mode au XIXe siècle.

— Fi donc, Madame ! Don Juan n'y va plus… il n'y a rien là à fricasser pour sa grandesse. Le seigneur Don Juan a toujours été un peu comme ce fameux moine d'Arnaud de Brescia[1] qui, racontent les Chroniques, ne vivait que du sang des âmes. C'est avec cela qu'il aime à roser son vin de Champagne, et cela ne se trouve plus depuis longtemps dans le cabaret des cocottes !

— Vous verrez, — reprit-elle avec ironie, — qu'il aura soupé au couvent des Bénédictines, avec ces dames…

— De l'Adoration perpétuelle, oui, Madame ! Car l'adoration qu'il a inspirée une fois, ce diable d'homme ! me fait l'effet de durer toujours.

— Pour un catholique, je vous trouve profanant, — dit-elle lentement, mais un peu crispée, — et je vous prie de m'épargner le détail des soupers de vos coquines, si c'est une manière inventée par vous de m'en donner des nouvelles que de me parler, ce soir, de Don Juan.

— Je n'invente rien, Madame. Les coquines du souper en question, si ce sont des coquines, ne sont pas les miennes… malheureusement…

— Assez, Monsieur !

— Permettez-moi d'être modeste. C'étaient…

— Les *mille è trè*[2] ?… — fit-elle, curieuse, se ravisant, presque revenue à l'amabilité.

— Oh ! pas toutes, Madame… Une douzaine seulement. C'est déjà, comme cela, bien assez honnête…

— Et déshonnête aussi, — ajouta-t-elle.

— D'ailleurs, vous savez aussi bien que moi qu'il ne peut pas tenir beaucoup de monde dans le boudoir[3] de la com-

1. Moine réformateur italien du XIIe siècle, condamné pour hérésie.
2. Allusion au célèbre air du catalogue, dans *Don Giovanni* de Mozart, où Leporello dresse la liste des conquêtes de son maître.
3. Petit salon réservé à l'intimité des conversations féminines.

tesse de Chiffrevas. On a pu y faire des choses grandes ; mais il est fort petit, ce boudoir...

— Comment ? — se récria-t-elle, étonnée. — C'est donc dans le boudoir qu'on aura soupé ?...

— Oui, Madame, c'est dans le boudoir. Et pourquoi pas ? On dîne bien sur un champ de bataille. On voulait donner un souper extraordinaire au seigneur Don Juan, et c'était plus digne de lui de le lui donner sur le théâtre de sa gloire, là où les souvenirs fleurissent à la place des orangers. Jolie idée, tendre et mélancolique ! Ce n'était pas le *bal des victimes* ; c'en était le souper.

— Et Don Juan ? — dit-elle, comme Orgon dit : « Et Tartufe ? » dans la pièce.

— Don Juan a fort bien pris la chose et très bien soupé,

Lui, tout seul, devant elles !

dans la personne de quelqu'un que vous connaissez... et qui n'est pas moins que le comte Jules-Amédée-Hector de Ravila de Ravilès.

— Lui ! C'est bien, en effet, Don Juan », — dit-elle.

Et, quoiqu'elle eût passé l'âge de la rêverie, cette dévote à bec et à ongles, elle se mit à rêver au comte Jules-Amédée-Hector, — à cet homme de race Juan, — de cette antique race Juan éternelle, à qui Dieu n'a pas donné le monde, mais a permis au diable de le lui donner.

2

Ce que je venais de dire à la vieille marquise Guy de Ruy était l'exacte vérité. Il y avait trois jours à peine qu'une douzaine de femmes du vertueux faubourg Saint-Germain (qu'elles soient bien tranquilles, je ne les nommerai pas !), lesquelles, toutes les douze, selon les douairières du commérage, avaient été du *dernier bien* (vieille expression charmante) avec le comte Ravila de Ravilès, s'étaient prises de l'idée singulière de lui offrir à souper, — à *lui seul d'homme* — pour fêter… quoi ? elles ne le disaient pas. C'était hardi, qu'un tel souper ; mais les femmes, lâches individuellement, en troupe sont audacieuses. Pas une peut-être de ce souper féminin n'aurait osé l'offrir chez elle, en tête à tête, au comte Jules-Amédée-Hector ; mais ensemble, et s'épaulant toutes, les unes par les autres, elles n'avaient pas craint de faire la chaîne du baquet de Mesmer[1] autour de cet homme magnétique et compromettant, le comte de Ravila de Ravilès…

« Quel nom !

— Un nom providentiel, Madame… » Le comte de Ravila de Ravilès, qui, par parenthèse, avait toujours obéi à la consigne de ce nom impérieux, était bien l'incarnation de tous les séducteurs dont il est parlé dans les romans et dans l'histoire, et la marquise Guy de Ruy, — une vieille mécontente, aux yeux bleus, froids et affilés, mais moins froids que son cœur et moins affilés que son esprit, — convenait elle-même que, dans ce temps, où la question des femmes perd chaque jour de son importance, s'il y avait quelqu'un qui pût rappeler Don Juan, à coup sûr ce devait être lui ! Malheureusement, c'était Don Juan au cinquième acte. Le prince de Ligne ne pouvait faire entrer dans sa spirituelle tête qu'Alcibiade[2] eût jamais eu cinquante ans. Or, par ce côté-là encore, le comte de Ravila allait continuer

1. Le docteur Mesmer (1734-1815) fonda la théorie du magnétisme animal. Le baquet lui servait à conduire ses expériences.

2. Général et homme d'État athénien du Ve siècle avant J.-C., célèbre pour sa beauté et sa personnalité flamboyante.

toujours Alcibiade. Comme d'Orsay[1], ce dandy taillé dans le bronze de Michel-Ange, qui fut beau jusqu'à sa dernière heure, Ravila avait eu cette beauté particulière à la race Juan, — à cette mystérieuse race qui ne procède pas de père en fils, comme les autres, mais qui apparaît çà et là, à de certaines distances, dans les familles de l'humanité.

C'était la vraie beauté, — la beauté insolente, joyeuse, impériale, *juanesque* enfin ; le mot dit tout et dispense de la description ; et — avait-il fait un pacte avec le diable ? — il l'avait toujours... Seulement, Dieu retrouvait son compte ; les griffes de tigre de la vie commençaient à lui rayer ce front divin, couronné des roses de tant de lèvres, et sur ses larges tempes impies apparaissaient les premiers cheveux blancs qui annoncent l'invasion prochaine des Barbares et la fin de l'Empire... Il les portait, du reste, avec l'impassibilité de l'orgueil surexcité par la puissance ; mais les femmes qui l'avaient aimé les regardaient parfois avec mélancolie. Qui sait ? elles regardaient peut-être l'heure qu'il était pour elles à ce front ? Hélas, pour elles comme pour lui, c'était l'heure du terrible souper avec le froid Commandeur de marbre blanc, après lequel il n'y a plus que l'enfer, — l'enfer de la vieillesse, en attendant l'autre ! Et voilà pourquoi peut-être, avant de partager avec lui ce souper amer et suprême, elles pensèrent à lui offrir le leur et qu'elles en firent un chef-d'œuvre.

Oui, un chef-d'œuvre de goût, de délicatesse, de luxe patricien, de recherche, de jolies idées ; le plus charmant, le plus délicieux, le plus friand, le plus capiteux, et surtout le plus original des soupers. Original ! Pensez donc ! C'est ordinairement la joie, la soif de s'amuser qui donne à souper ; mais ici, c'était le souvenir, c'était le regret, c'était presque le

---

1. Comte célèbre au XIXe siècle pour son extrême élégance. Barbey se piquait aussi d'élégance et écrivit un traité sur le dandysme.

désespoir, mais le désespoir en toilette, caché sous des sourires ou sous des rires, et qui voulait encore cette fête ou cette folie dernière, encore cette escapade vers la jeunesse revenue pour une heure, encore cette griserie, pour qu'il en fût fait à jamais !…

Les Amphitryonnes[1] de cet incroyable souper, si peu dans les mœurs trembleuses de la société à laquelle elles appartenaient, durent y éprouver quelque chose de ce que Sardanapale[2] ressentit sur son bûcher, quand il y entassa, pour périr avec lui, ses femmes, ses esclaves, ses chevaux, ses bijoux, toutes les opulences de sa vie. Elles, aussi, entassèrent à ce souper brûlant toutes les opulences de la leur. Elles y apportèrent tout ce qu'elles avaient de beauté, d'esprit, de ressources, de parure, de puissance, pour les verser, en une seule fois, en ce suprême flamboiement.

L'homme devant lequel elles s'enveloppèrent et se drapèrent dans cette dernière flamme, était plus à leurs yeux qu'aux yeux de Sardanapale toute l'Asie. Elles furent coquettes pour lui comme jamais femmes ne le furent pour aucun homme, comme jamais femmes ne le furent pour un salon plein ; et cette coquetterie, elles l'êmbrasèrent de cette jalousie qu'on cache dans le monde et qu'elles n'avaient point besoin de cacher, car elles savaient toutes que cet homme avait été à chacune d'elles, et la honte partagée n'en est plus… C'était, parmi elles toutes, à qui graverait le plus avant son épitaphe dans son cœur.

Lui, il eut, ce soir-là, la volupté repue, souveraine, nonchalante, dégustatrice du confesseur de nonnes et du sultan.

---

1. Personnes qui invitent à dîner. Le mot est habituellement masculin (d'après le personnage mythologique d'Amphitryon, repris par Plaute puis par Molière).

2. Souverain de l'Assyrie au VIIe siècle av. J.-C., représenté comme un roi puissant et débauché. Barbey fait ici allusion au tableau *La Mort de Sardanapale* de Delacroix.

Assis comme un roi — comme le maître — au milieu de la table, en face de la comtesse de Chiffrevas, dans ce boudoir fleur de pêcher ou de... péché (on n'a jamais bien su l'orthographe de la couleur de ce boudoir), le comte de Ravila embrassait de ses yeux, bleu d'enfer, que tant de pauvres créatures avaient pris pour le bleu du ciel, ce cercle rayonnant de douze femmes, mises avec génie, et qui, à cette table, chargée de cristaux, de bougies allumées et de fleurs, étalaient, depuis le vermillon de la rose ouverte jusqu'à l'or adouci de la grappe ambrée, toutes les nuances de la maturité.

Il n'y avait pas là de ces jeunesses vert tendre, de ces petites demoiselles qu'exécrait Byron[1], qui sentent la tartelette et qui, par la tournure, ne sont encore que des épluchettes, mais tous étés splendides et savoureux, plantureux automnes, épanouissements et plénitudes, seins éblouissants battant leur plein majestueux au bord découvert des corsages, et, sous les camées de l'épaule nue, des bras de tout galbe, mais surtout des bras puissants, de ces biceps de Sabines[2] qui ont lutté avec les Romains, et qui seraient capables de s'entrelacer, pour l'arrêter, dans les rayons de la roue du char de la vie.

J'ai parlé d'idées. Une des plus charmantes de ce souper avait été de le faire servir par des femmes de chambre, pour qu'il ne fût pas dit que rien eût dérangé l'harmonie d'une fête dont les femmes étaient les seules reines, puisqu'elles en faisaient les honneurs... Le seigneur Don Juan — branche de Ravila — put donc baigner ses fauves regards dans une

1. Poète romantique anglais (1788-1824). Il écrivit un long poème intitulé *Don Juan*.

2. Allusion à la légende de l'enlèvement des Sabines, au cours duquel, peu après la fondation de leur ville, les Romains se procurèrent des femmes en les enlevant à la ville voisine. L'évocation qu'en fait Barbey semble correspondre à la version peinte par Poussin.

mer de chairs lumineuses et vivantes comme Rubens[1] en met dans ses grasses et robustes peintures, mais il put plonger aussi son orgueil dans l'éther[2] plus ou moins limpide, plus ou moins troublé de tous ces cœurs. C'est qu'au fond, et malgré tout ce qui pourrait empêcher de le croire, c'est un rude spiritualiste que Don Juan ! Il l'est comme le démon lui-même, qui aime les âmes encore plus que les corps, et qui fait même cette traite-là de préférence à l'autre, le négrier infernal !

Spirituelles, nobles, du ton le plus faubourg Saint-Germain, mais ce soir-là hardies comme des pages de la maison du Roi quand il y avait une maison du Roi et des pages, elles furent d'un étincellement d'esprit, d'un mouvement, d'une verve et d'un *brio* incomparables. Elles s'y sentirent supérieures à tout ce qu'elles avaient été dans leurs plus beaux soirs. Elles y jouirent d'une puissance inconnue qui se dégageait du fond d'elles-mêmes, et dont jusque-là elles ne s'étaient jamais doutées.

Le bonheur de cette découverte, la sensation des forces triplées de la vie ; de plus, les influences physiques, si décisives sur les êtres nerveux, l'éclat des lumières, l'odeur pénétrante de toutes ces fleurs qui se pâmaient dans l'atmosphère chauffée par ces beaux corps aux effluves trop forts pour elles, l'aiguillon des vins provocants, l'idée de ce souper qui avait justement le mérite piquant du péché que la Napolitaine demandait à son sorbet[3] pour le trouver exquis, la pensée enivrante de la complicité dans ce petit

1. Peintre baroque flamand (1577-1640).

2. Dans l'Antiquité grecque et dans la langue poétique, l'éther désigne l'air pur des parties supérieures du ciel.

3. Cette conception du « péché sorbet » vient d'une anecdote rapportée par Stendhal, mais on la trouve souvent sous la plume de Barbey. En associant le plaisir et le péché, l'image joue avec la notion de profanation.

crime d'un souper risqué, oui ! mais qui ne versa pas vulgairement dans le souper régence[1] ; qui resta un souper faubourg Saint-Germain et XIXe siècle, et où de tous ces adorables corsages, doublés de cœurs qui avaient vu le feu et qui aimaient à l'agacer encore, pas une épingle ne tomba ; — toutes ces choses enfin, agissant à la fois, tendirent la harpe mystérieuse que toutes ces merveilleuses organisations portaient en elles, aussi fort qu'elle pouvait être tendue sans se briser, et elles arrivèrent à des octaves sublimes, à d'inexprimables diapasons... Ce dut être curieux, n'est-ce pas ? Cette page inouïe de ses *Mémoires*, Ravila l'écrira-t-il un jour ?... C'est une question, mais lui seul peut l'écrire... Comme je le dis à la marquise Guy de Ruy, je n'étais pas à ce souper, et si j'en vais rapporter quelques détails et l'histoire par laquelle il finit, c'est que je les tiens de Ravila lui-même, qui, fidèle à l'indiscrétion traditionnelle et caractéristique de la race Juan, prit la peine, un soir, de me les raconter.

3

Il était donc tard, — c'est-à-dire tôt ! Le matin venait. Contre le plafond et à une certaine place des rideaux de soie rose du boudoir, hermétiquement fermés, on voyait poindre et rondir une goutte d'opale, comme un œil grandissant, l'œil du jour curieux qui aurait regardé par là ce qu'on faisait dans ce boudoir enflammé. L'alanguissement commençait à prendre les chevalières de cette Table Ronde[2],

1. Référence à la Régence de Philippe d'Orléans (1714-1723), traditionnellement perçue comme une période de libertinage.
2. Allusions à la légende médiévale des chevaliers de la Table Ronde, réunis autour du roi Arthur.

ces soupeuses, si animées il n'y avait qu'un moment. On connaît ce moment-là de tous les soupers où la fatigue de l'émotion et de la nuit passée semble se projeter sur tout, sur les coiffures qui s'affaissent, les joues vermillonnées ou pâlies qui brûlent, les regards lassés dans les yeux cernés qui s'alourdissent, et même jusque sur les lumières élargies et rampantes des mille bougies des candélabres, ces bouquets de feu aux tiges sculptées de bronze et d'or.

La conversation générale, longtemps faite d'entrain, partie de volant où chacun avait allongé son coup de raquette, s'était fragmentée, émiettée, et rien de distinct ne s'entendait plus dans le bruit harmonieux de toutes ces voix, aux timbres aristocratiques, qui se mêlaient et babillaient comme les oiseaux, à l'aube, sur la lisière d'un bois... quand l'une d'elles, — une voix de tête, celle-là ! — impérieuse et presque impertinente, comme doit l'être une voix de duchesse, dit tout à coup, par-dessus toutes les autres, au comte de Ravila, ces paroles qui étaient sans doute la suite et la conclusion d'une conversation, à voix basse, entre eux deux, que personne de ces femmes, qui causaient, chacune avec sa voisine, n'avait entendue :

« Vous qui passez pour le Don Juan de ce temps-ci, vous devriez nous raconter l'histoire de la conquête qui a le plus flatté votre orgueil d'homme aimé et que vous jugez, à cette lueur du moment présent, le plus bel amour de votre vie ?... »

Et la question, autant que la voix qui parlait, coupa nettement dans le bruit toutes ces conversations éparpillées et fit subitement le silence.

C'était la voix de la duchesse de ***. — Je ne lèverai pas son masque d'astérisques ; mais peut-être la reconnaîtrez-vous, quand je vous aurai dit que c'est la blonde la plus pâle de teint et de cheveux, et les yeux les plus noirs sous ses longs sourcils d'ambre, de tout le faubourg Saint-Germain.

— Elle était assise, comme un juste à la droite de Dieu, à la droite du comte de Ravila, le dieu de cette fête, qui ne réduisait pas alors ses ennemis à lui servir de marche-pied ; mince et idéale comme une arabesque et comme une fée, dans sa robe de velours vert aux reflets d'argent, dont la longue traîne se tordait autour de sa chaise, et figurait assez bien la queue de serpent par laquelle se terminait la croupe charmante de Mélusine[1].

« C'est là une idée ! — fit la comtesse de Chiffrevas, comme pour appuyer, en sa qualité de maîtresse de maison, le désir et la motion de la duchesse, — oui, l'amour de tous les amours, inspirés ou sentis, que vous voudriez le plus recommencer, si c'était possible.

— Oh ! je voudrais les recommencer tous ! » fit Ravila avec cet inassouvissement d'Empereur romain qu'ont parfois ces blasés immenses. Et il leva son verre de champagne, qui n'était pas la coupe bête et païenne par laquelle on l'a remplacé, mais le verre élancé et svelte de nos ancêtres, qui est le vrai verre de champagne, — celui-là qu'on appelle une *flûte*, peut-être à cause des célestes mélodies qu'il nous verse souvent au cœur. — Puis il étreignit d'un regard circulaire toutes ces femmes qui formaient autour de la table une si magnifique ceinture. « Et cependant, — ajouta-t-il en replaçant son verre devant lui avec une mélancolie étonnante pour un tel Nabuchodonosor[2] qui n'avait encore mangé d'herbe que les salades à l'estragon du café Anglais[3], — et cependant c'est la vérité, qu'il y en a *un* entre tous les sentiments de la vie, qui rayonne toujours dans le souvenir plus fort que les autres, à mesure que la vie s'avance, et pour lequel on les donnerait tous !

1. Fée issue de légendes médiévales.
2. Souverain de Babylone au VIe siècle av. J.-C.
3. Restaurant parisien à la mode sous le Second Empire, sur le boulevard des Italiens.

— Le diamant de l'écrin, — dit la comtesse de Chiffrevas songeuse, qui regardait peut-être dans les facettes du sien.

— … Et de la légende de mon pays, — reprit à son tour la princesse Jable… qui est du pied des monts Ourals, — ce fameux et fabuleux diamant, rose d'abord, qui devient noir ensuite, mais qui reste diamant, plus brillant encore noir que rose… » Elle dit cela avec le charme étrange qui est en elle, cette Bohémienne ! car c'est une Bohémienne, épousée par amour par le plus beau prince de l'émigration polonaise, et qui a l'air aussi princesse que si elle était née sous les courtines des Jagellons[1].

Alors, ce fut une explosion ! « Oui, — firent-elles toutes. — Dites-nous cela, comte ! » ajoutèrent-elles passionnément, suppliantes déjà, avec les frémissements de la curiosité jusque dans les frisons de leurs cous, par-derrière ; se tassant, épaule contre épaule ; les unes la joue dans la main, le coude sur la table ; les autres, renversées au dossier des chaises, l'éventail déplié sur la bouche ; le fusillant toutes de leurs yeux émerillonnés et inquisiteurs.

« Si vous le voulez absolument…, — dit le comte, avec la nonchalance d'un homme qui sait que l'attente exaspère le désir.

— Absolument ! — dit la duchesse en regardant comme un despote turc aurait regardé le fil de son sabre — le fil d'or de son couteau de dessert.

— Écoutez donc », — acheva-t-il, toujours nonchalant.

Elles se fondaient d'attention, en le regardant. Elles le buvaient et le mangeaient des yeux. Toute histoire d'amour intéresse les femmes ; mais qui sait ? peut-être le charme de celle-ci était-il, pour chacune d'elles, la pensée que l'histoire qu'il allait raconter pouvait être la sienne… Elles le savaient trop gentilhomme et de trop grand monde pour n'être pas

1. Dynastie qui régna sur une partie de l'Europe centrale.

sûres qu'il sauverait les noms et qu'il épaissirait, quand il le faudrait, les détails par trop transparents ; et cette idée, cette certitude leur faisait d'autant plus désirer l'histoire. Elles en avaient mieux que le désir ; elles en avaient l'espérance.

Leur vanité se trouvait des *rivales* dans ce souvenir évoqué comme le plus beau souvenir de la vie d'un homme, qui devait en avoir de si beaux et de si nombreux ! Le vieux sultan allait jeter une fois de plus le mouchoir... que nulle main ne ramasserait, mais que celle à qui il serait jeté sentirait tomber silencieusement dans son cœur...

Or voici, avec ce qu'elles croyaient, le petit tonnerre inattendu qu'il fit passer sur tous ces fronts écoutants :

4

« J'ai ouï dire souvent à des moralistes, grands expérimentateurs de la vie, — dit le comte de Ravila, — que le plus fort de tous nos amours n'est ni le premier, ni le dernier, comme beaucoup le croient ; c'est le second. Mais en fait d'amour, tout est vrai et tout est faux, et, du reste, cela n'aura pas été pour moi... Ce que vous me demandez, Mesdames, et ce que j'ai, ce soir, à vous raconter, remonte au plus bel instant de ma jeunesse. Je n'étais plus précisément ce qu'on appelle un jeune homme, mais j'étais un homme jeune, et, comme disait un vieil oncle à moi, chevalier de Malte, pour désigner cette époque de la vie, « j'avais fini mes caravanes ». En pleine force donc, je me trouvais en pleine *relation* aussi, comme on dit si joliment en Italie, avec une femme que vous connaissez toutes et que vous avez toutes admirée... »

Ici le regard que se jetèrent en même temps, chacune à

toutes les autres, ce groupe de femmes qui aspiraient les paroles de ce vieux serpent, fut quelque chose qu'il faut avoir vu, car c'est inexprimable.

« Cette femme était bien, — continua Ravila, — tout ce que vous pouvez imaginer de plus distingué, dans tous les sens que l'on peut donner à ce mot. Elle était jeune, riche, d'un nom superbe, belle, spirituelle, d'une large intelligence d'artiste, et naturelle avec cela, comme on l'est dans votre monde, quand on l'est… D'ailleurs, n'ayant, dans ce monde-là, d'autre prétention que celle de me plaire et de se dévouer ; que de me paraître la plus tendre des maîtresses et la meilleure des amies.

» Je n'étais pas, je crois, le premier homme qu'elle eût aimé… Elle avait déjà aimé une fois, et ce n'était pas son mari ; mais ç'avait été vertueusement, platoniquement, utopiquement, de cet amour qui exerce le cœur plus qu'il ne le remplit ; qui en prépare les forces pour un autre amour qui doit toujours bientôt le suivre ; de cet amour d'essai, enfin, qui ressemble à la messe blanche que disent les jeunes prêtres pour s'exercer à dire, sans se tromper, la vraie messe, la messe consacrée… Lorsque j'arrivai dans sa vie, elle n'en était encore qu'à la messe blanche. C'est moi qui fus la véritable messe, et elle la dit alors avec toutes les cérémonies de la chose et somptueusement, comme un cardinal. »

À ce mot-là, le plus joli rond de sourires tourna sur ces douze délicieuses bouches attentives, comme une ondulation circulaire sur la surface limpide d'un lac… Ce fut rapide, mais ravissant !

« C'était vraiment un être à part ! — reprit le comte. — J'ai vu rarement plus de bonté vraie, plus de pitié, plus de sentiments excellents, jusque dans la passion qui, comme vous le savez, n'est pas toujours bonne. Je n'ai jamais vu moins de manège, moins de pruderie et de coquetterie, ces deux choses si souvent emmêlées dans les femmes comme un écheveau dans lequel la griffe du chat aurait passé… Il n'y avait point de chat en celle-ci… Elle était ce que ces diables de faiseurs de livres, qui nous empoisonnent de leurs manières de parler, appelleraient une nature primitive, parée par la civilisation ; mais elle n'en avait que les luxes charmants, et pas une seule de ces petites corruptions qui nous paraissent encore plus charmantes que ces luxes…

— Était-elle brune ? — interrompit tout à coup et à brûle-pourpoint la duchesse, impatientée de toute cette métaphysique.

— Ah ! vous n'y voyez pas assez clair ! — dit Ravila finement. — Oui, elle était brune, brune de cheveux jusqu'au noir le plus jais, le plus miroir d'ébène que j'aie jamais vu reluire sur la voluptueuse convexité lustrée d'une tête de femme, mais elle était blonde de teint, — et c'est au teint et non aux cheveux qu'il faut juger si on est brune ou blonde, — ajouta le grand observateur, qui n'avait pas étudié les femmes seulement pour en faire des portraits. — C'était une blonde aux cheveux noirs… »

Toutes les têtes blondes de cette table, qui ne l'étaient, elles, que de cheveux, firent un mouvement imperceptible. Il était évident que pour elles l'intérêt de l'histoire diminuait déjà.

« Elle avait les cheveux de la Nuit, — reprit Ravila, — mais sur le visage de l'Aurore, car son visage resplendissait de cette fraîcheur incarnadine, éblouissante et rare, qui avait résisté à tout dans cette vie nocturne de Paris dont elle vivait depuis des années, et qui brûle tant de roses à la flamme de ses candélabres. Il semblait que les siennes s'y fussent seulement embrasées, tant sur ses joues et sur ses lèvres le carmin en était presque lumineux ! Leur double éclat s'accordait bien, du reste, avec le rubis qu'elle portait habituellement sur le front, car, dans ce temps-là, on se coiffait en *ferronnière*[1], ce qui faisait dans son visage, avec ses deux yeux incendiaires dont la flamme empêchait de voir la couleur, comme un triangle de trois rubis ! Élancée, mais robuste, majestueuse même, taillée pour être la femme d'un colonel de cuirassiers, — son mari n'était alors chef d'escadron que dans la cavalerie légère, — elle avait, toute grande dame qu'elle fût, la santé d'une paysanne qui boit du soleil par la peau, et elle avait aussi l'ardeur de ce soleil bu, autant dans l'âme que dans les veines, — oui, présente et toujours prête… Mais voici où l'étrange commençait ! Cet être puissant et ingénu, cette nature purpurine et pure comme le sang qui arrosait ses belles joues et rosait ses bras, était… le croirez-vous ? maladroite aux caresses… »

Ici quelques yeux se baissèrent, mais se relevèrent, malicieux…

« Maladroite aux caresses comme elle était imprudente dans la vie, — continua Ravila, qui ne pesa pas plus que cela sur le renseignement. — Il fallait que l'homme qu'elle aimait lui enseignât incessamment deux choses qu'elle n'a jamais apprises, du reste… à ne pas se perdre vis-à-vis d'un monde toujours armé et toujours implacable, et à pratiquer dans l'intimité le grand art de l'amour, qui empêche l'amour de mourir. Elle avait cependant l'amour ; mais l'art de l'amour lui manquait… C'était le contraire de tant de femmes qui n'en ont que l'art ! Or, pour comprendre et appliquer la politique du *Prince*[2], il faut être déjà Borgia. Borgia précède Machiavel. L'un est le poète ; l'autre, le critique. Elle n'était nullement Borgia. C'était une honnête femme amoureuse, naïve, malgré sa colossale beauté, comme la petite fille du dessus de porte, qui, ayant soif, veut prendre dans sa main

---

1. Ornement féminin composé d'une chaînette ou d'un bandeau porté sur le front.
2. Traité politique composé par Machiavel en 1513. Il cite fréquemment l'exemple de César Borgia.

de l'eau de la fontaine, et qui, haletante, laisse tout tomber à travers ses doigts, et reste confuse…

» C'était presque joli, du reste, que le contraste de cette confusion et de cette gaucherie avec cette grande femme passionnée, qui, à la voir dans le monde, eût trompé tant d'observateurs, — qui avait tout de l'amour, même le bonheur, mais qui n'avait pas la puissance de le rendre comme on le lui donnait. Seulement je n'étais pas alors assez contemplateur pour me contenter de ce *joli d'artiste*, et c'est même la raison qui, à certains jours, la rendait inquiète, jalouse et violente, — tout ce qu'on est quand on aime, et elle aimait ! — Mais, jalousie, inquiétude, violence, tout cela mourait dans l'inépuisable bonté de son cœur, au premier mal qu'elle voulait ou qu'elle croyait faire, maladroite à la blessure comme à la caresse ! Lionne, d'une espèce inconnue, qui s'imaginait avoir des griffes, et qui, quand elle voulait les allonger, n'en trouvait jamais dans ses magnifiques pattes de velours. C'est avec du velours qu'elle égratignait !

— Où va-t-il en venir ? — dit la comtesse de Chiffrevas à sa voisine, — car, vraiment, ce ne peut pas être là le plus bel amour de Don Juan ! »

Toutes ces compliquées ne pouvaient croire à cette simplicité !

« Nous vivions donc, — dit Ravila, — dans une intimité qui avait parfois des orages, mais qui n'avait pas de déchirements, et cette intimité n'était, dans cette ville de province qu'on appelle Paris, un mystère pour personne… La marquise… elle était marquise… »

Il y en avait trois à cette table, et brunes de cheveux aussi. Mais elles ne cillèrent pas. Elles savaient trop que ce n'était pas d'elles qu'il parlait… Le seul velours qu'elles eussent, à toutes les trois, était sur la lèvre supérieure de l'une d'elles, — lèvre voluptueusement estompée, qui, pour le moment, je vous jure, exprimait pas mal de dédain.

« … Et marquise trois fois, comme les pachas peuvent être pachas à trois queues ! continua Ravila, à qui la verve venait. La marquise était de ces femmes qui ne savent rien cacher et qui, quand elles le voudraient, ne le pourraient pas. Sa fille même, une enfant de treize ans, malgré son innocence, ne s'apercevait que trop du sentiment que sa mère avait pour moi. Je ne sais quel poète a demandé ce que pensent de nous les filles dont nous avons aimé les mères. Question profonde ! que je me suis souvent faite quand je surprenais le regard d'espion, noir et menaçant, embusqué sur moi, du fond des grands yeux sombres de cette fillette. Cette enfant, d'une réserve farouche, qui le plus souvent quittait le salon quand je venais et qui se mettait le plus loin possible de moi quand elle était obligée d'y rester, avait pour ma personne une horreur presque convulsive… qu'elle cherchait à cacher en elle, mais qui, plus forte qu'elle, la trahissait… Cela se révélait dans d'imperceptibles détails, mais dont pas un ne m'échappait. La marquise, qui n'était pourtant pas une observatrice, me disait sans cesse : « Il faut prendre garde, mon ami. Je crois ma fille jalouse de vous… »

» J'y prenais garde beaucoup plus qu'elle.

» Cette petite aurait été le diable en personne, je l'aurais bien défiée de lire dans mon jeu… Mais le jeu de sa mère était transparent. Tout se voyait dans le miroir pourpre de ce visage, si souvent troublé ! À l'espèce de haine de la fille, je ne pouvais m'empêcher de penser qu'elle avait surpris le secret de sa mère à quelque émotion exprimée, dans quelque regard trop noyé, involontairement, de tendresse. C'était, si vous voulez le savoir, une enfant chétive, parfaitement indigne du moule splendide d'où elle était sortie, laide, même de l'aveu de sa mère, qui ne l'en aimait que davantage ; une petite topaze brûlée… que vous dirai-je ? une espèce de maquette en bronze, mais avec des yeux noirs… Une magie ! Et qui, depuis… »

Il s'arrêta après cet éclair... comme s'il avait voulu l'éteindre et qu'il en eût trop dit... L'intérêt était revenu général, perceptible, tendu, à toutes les physionomies, et la comtesse avait dit même entre ses belles dents le mot de l'impatience éclairée : « Enfin ! »

5

« Dans les commencements de ma liaison avec sa mère, — reprit le comte de Ravila, — j'avais eu avec cette petite fille toutes les familiarités caressantes qu'on a avec tous les enfants... Je lui apportais des sacs de dragées. Je l'appelais « petite masque », et très souvent, en causant avec sa mère, je m'amusais à lui lisser son bandeau sur la tempe, — un bandeau de cheveux malades, noirs, avec des reflets d'amadou, — mais « la petite masque », dont la grande bouche avait un joli sourire pour tout le monde, recueillait, repliait son sourire pour moi, fronçait âprement ses sourcils, et, à force de se crisper, devenait d'une « petite masque » un vrai masque ridé de cariatide humiliée, qui semblait, quand ma main passait sur son front, porter le poids d'un entablement sous ma main.

» Aussi bien, en voyant cette maussaderie toujours retrouvée à la même place et qui semblait une hostilité, j'avais fini par laisser là cette sensitive, couleur de souci, qui se rétractait si violemment au contact de la moindre caresse... et je ne lui parlais même plus ! « Elle sent bien que vous la volez, — me disait la marquise. — Son instinct lui dit que vous lui prenez une portion de l'amour de sa mère. » Et quelquefois, elle ajoutait dans sa droiture : « C'est ma conscience que cette enfant, et mon remords, sa jalousie. »

» Un jour, ayant voulu l'interroger sur cet éloignement profond qu'elle avait pour moi, la marquise n'en avait obtenu que ces réponses brisées, têtues, stupides, qu'il faut tirer, avec un tire-bouchon d'interrogations répétées, de tous les enfants qui ne veulent rien dire... « Je n'ai rien... je ne sais pas », et voyant la dureté de ce petit bronze, elle avait cessé de lui faire des questions, et, de lassitude, elle s'était détournée...

» J'ai oublié de vous dire que cette enfant bizarre était très dévote, d'une dévotion sombre, espagnole, moyen âge, superstitieuse. Elle tordait autour de son maigre corps toutes sortes de scapulaires et se plaquait sur sa poitrine, unie comme le dos de la main, et autour de son cou bistré[1], des tas de croix, de bonnes Vierges et de Saint-Esprits ! « Vous êtes malheureusement un impie, — me disait la marquise. — Un jour, en causant, vous l'aurez peut-être scandalisée. Faites attention à tout ce que vous dites devant elle, je vous en supplie. N'aggravez pas mes torts aux yeux de cet enfant envers qui je me sens déjà si coupable ! » Puis, comme la conduite de cette petite ne changeait point, ne se modifiait point : « Vous finirez par la haïr, — ajoutait la marquise inquiète, — et je ne pourrai pas vous en vouloir. » Mais elle se trompait : je n'étais qu'indifférent pour cette maussade fillette, quand elle ne m'impatientait pas.

» J'avais mis entre nous la politesse qu'on a entre grandes personnes, et entre grandes personnes qui ne s'aiment point. Je la traitais avec cérémonie, l'appelant gros comme le bras : « Mademoiselle », et elle me renvoyait un « Monsieur » glacial. Elle ne voulait rien faire devant moi qui pût la mettre, je ne dis pas en valeur, mais seulement en dehors d'elle-même... Jamais sa mère ne put la décider à me montrer un de ses dessins, ni à jouer devant moi un air de

1. Couleur de suie.

piano. Quand je l'y surprenais, étudiant avec beaucoup d'ardeur et d'attention, elle s'arrêtait court, se levait du tabouret et ne jouait plus…

» Une seule fois, sa mère l'exigeant (il y avait du monde), elle se plaça devant l'instrument ouvert avec un de ces airs *victime* qui, je vous assure, n'avait rien de doux, et elle commença je ne sais quelle partition avec des doigts abominablement contrariés. J'étais debout à la cheminée, et je la regardais obliquement. Elle avait le dos tourné de mon côté, et il n'y avait pas de glace devant elle dans laquelle elle pût voir que je la regardais… Tout à coup son dos (elle se tenait habituellement mal, et sa mère lui disait souvent : « Si tu te tiens toujours ainsi, tu finiras par te donner une maladie de poitrine »), tout à coup son dos se redressa, comme si je lui avais cassé l'épine dorsale avec mon regard comme avec une balle ; et abattant violemment le couvercle du piano, qui fit un bruit effroyable en tombant, elle se sauva du salon… On alla la chercher ; mais ce soir-là, on ne put jamais l'y faire revenir.

» Eh bien, il paraît que les hommes les plus fats ne le sont jamais assez, car la conduite de cette ténébreuse enfant, qui m'intéressait si peu, ne me donna rien à penser sur le sentiment qu'elle avait pour moi. Sa mère, non plus. Sa mère, qui était jalouse de toutes les femmes de son salon, ne fut pas plus jalouse que je n'étais fat avec cette petite fille, qui finit par se révéler dans un de ces faits que la marquise, l'expansion même dans l'intimité, pâle encore de la terreur qu'elle avait ressentie, et riant aux éclats de l'avoir éprouvée, eut l'imprudence de me raconter. »

Il avait souligné, par inflexion, le mot d'*imprudence* comme eût fait le plus habile acteur et en homme qui savait que tout l'intérêt de son histoire ne tenait plus qu'au fil de ce mot-là !

Mais cela suffisait apparemment, car ces douze beaux

visages de femmes s'étaient renflammés d'un sentiment aussi intense que les visages des Chérubins devant le trône de Dieu. Est-ce que le sentiment de la curiosité chez les femmes n'est pas aussi intense que le sentiment de l'adoration chez les Anges ?... Lui, les regarda tous, ces visages de Chérubins qui ne finissaient pas aux épaules, et les trouvant à point, sans doute, pour ce qu'il avait à leur dire, il reprit vite et ne s'arrêta plus :

« Oui, elle riait aux éclats, la marquise, rien que d'y penser ! — me dit-elle à quelque temps de là, lorsqu'elle me rapporta la chose : mais elle n'avait pas toujours ri ! — « Figurez-vous, — me conta-t-elle (je tâcherai de me rappeler ses propres paroles), — que j'étais assise là où nous sommes maintenant. »

» — (C'était sur une de ces causeuses qu'on appelait des *dos-à-dos*, le meuble le mieux inventé pour se bouder et se raccommoder sans changer de place.) —

« Mais vous n'étiez pas où vous voilà, heureusement ! quand on m'annonça... devinez qui ?... vous ne le devineriez jamais... M. le curé de Saint-Germain-des-Prés. Le connaissez-vous ?... Non ! Vous n'allez jamais à la messe, ce qui est très mal... Comment pourriez-vous donc connaître ce pauvre vieux curé qui est un saint, et qui ne met le pied chez aucune femme de sa paroisse, sinon quand il s'agit d'une quête pour ses pauvres ou pour son église ? Je crus tout d'abord que c'était pour cela qu'il venait.

» Il avait dans le temps fait faire sa première communion à ma fille, et elle, qui communiait souvent, l'avait gardé pour confesseur. Pour cette raison, bien des fois, depuis ce temps-là, je l'avais invité à dîner, mais en vain. Quand il entra, il était extrêmement troublé, et je vis sur ses traits, d'ordinaire si placides, un embarras si peu dissimulé et si grand, qu'il me fut impossible de le mettre sur le compte de la timidité toute seule, et que je ne pus m'empêcher de lui dire pour première parole : « Eh ! mon Dieu ! qu'y a-t-il, monsieur le curé ?

« — Il y a, — me dit-il, — Madame, que vous voyez l'homme le plus embarrassé qu'il y ait au monde. Voilà plus de cinquante ans que je suis dans le saint ministère, et je n'ai jamais été chargé d'une commission plus délicate et que je comprisse moins que celle que j'ai à vous faire... » —

« Et il s'assit, me demanda de faire fermer ma porte tout le temps de notre entretien. Vous sentez bien que toutes ces solennités m'effrayaient un peu... Il s'en aperçut.

« — Ne vous effrayez pas à ce point, Madame, — reprit-il ; — vous avez besoin de tout votre sang-froid pour m'écouter et pour me faire comprendre, à moi, la chose inouïe dont il s'agit, et qu'en vérité je ne puis admettre... Mademoiselle votre fille, de la part de qui je viens, est, vous le savez comme moi, un ange de pureté et de piété. Je connais son âme. Je la tiens dans mes mains depuis son âge de sept ans, et je suis persuadé qu'elle se trompe... à force d'innocence peut-être... Mais, ce matin, elle est venue me déclarer en confession qu'elle était, vous ne le croirez pas, Madame, ni moi non plus, mais il faut bien dire le mot... enceinte ! » —

« Je poussai un cri...

« — J'en ai poussé un comme vous dans mon confessionnal, ce matin, reprit le curé, à cette déclaration faite par elle avec toutes les marques du désespoir le plus sincère et le plus affreux ! Je sais à fond cette enfant. Elle ignore tout de la vie et du péché... C'est certainement de toutes les jeunes filles que je confesse celle dont je répondrais le plus devant Dieu. Voilà tout ce que je puis vous dire ! Nous sommes, nous autres prêtres, les chirurgiens des âmes, et il nous faut les accoucher des hontes qu'elles dissimulent, avec des mains qui ne les blessent ni ne les tachent. Je l'ai donc, avec toutes les précautions possibles, interrogée, questionnée, pressée de questions, cette enfant au désespoir, mais qui, une fois la chose dite, la faute avouée, qu'elle appelle un crime et sa damnation éternelle, car elle se croit damnée, la pauvre fille ! ne m'a plus répondu et s'est obstinément renfermée dans un silence qu'elle n'a rompu que pour me supplier de venir vous trouver, Madame, et de vous apprendre son crime, — car il faut bien que maman le sache, — a-t-elle dit, — et jamais je n'aurai la force de le lui avouer ! »

« J'écoutais le curé de Saint-Germain-des-Prés. Vous vous doutez bien avec quel mélange de stupéfaction et d'anxiété ! Comme lui et encore plus que lui, je croyais être sûre de l'innocence de ma fille ; mais les innocents tombent souvent, même par innocence… Et ce qu'elle avait dit à son confesseur n'était pas impossible… Je n'y croyais pas… Je ne voulais pas y croire ; mais cependant ce n'était pas impossible !… Elle n'avait que treize ans, mais elle était une femme, et cette précocité même m'avait effrayée… Une fièvre, un transport de curiosité me saisit.

« — Je veux et je vais tout savoir ! — dis-je à ce bonhomme de prêtre, ahuri devant moi et qui, en m'écoutant, débordait d'embarras son chapeau. — Laissez-moi, monsieur le curé. Elle ne parlerait pas devant vous. Mais je suis sûre qu'elle me dira tout… que je lui arracherai tout, et que nous comprendrons alors ce qui est maintenant incompréhensible ! » —

« Et le prêtre s'en alla là-dessus, — et dès qu'il fut parti, je montai chez ma fille, n'ayant pas la patience de la faire demander et de l'attendre.

« Je la trouvai devant le crucifix de son lit, pas agenouillée, mais prosternée, pâle comme une morte, les yeux secs, mais très rouges, comme des yeux qui ont beaucoup pleuré. Je la pris dans mes bras, l'assis près de moi, puis sur mes genoux, et je lui dis que je ne pouvais pas croire ce que venait de m'apprendre son confesseur.

« Mais elle m'interrompit pour m'assurer avec des navrements de voix et de physionomie que c'était vrai, ce qu'il avait dit, et c'est alors que, de plus en plus inquiète et étonnée, je lui demandai le nom de celui qui…

« Je n'achevai pas… Ah ! ce fut le moment terrible ! Elle se cacha la tête et le visage sur mon épaule… mais je voyais le ton de feu de son cou, par-derrière, et je la sentais frissonner. Le silence qu'elle avait opposé à son confesseur, elle me l'opposa. C'était un mur.

« — Il faut que ce soit quelqu'un bien au-dessous de toi, puisque tu as tant de honte ?… » — lui dis-je, pour la faire parler en la révoltant, car je la savais orgueilleuse

« Mais c'était toujours le même silence, le même engloutissement de sa tête sur mon épaule. Cela dura un temps qui me parut infini, quand tout à coup elle me dit sans se soulever : « Jure-moi que tu me pardonneras, maman. »

« Je lui jurai tout ce qu'elle voulut, au risque d'être cent fois parjure, je m'en souciais bien ! Je m'impatientais. Je bouillais… Il me semblait que mon front allait éclater et laisser échapper ma cervelle…

« — Eh bien ! c'est M. de Ravila », fit-elle d'une voix basse ; et elle resta comme elle était dans mes bras.

« Ah ! l'effet de ce nom, Amédée ! Je recevais d'un seul coup, en plein cœur, la punition de la grande faute de ma vie ! Vous êtes, en fait de femmes, un homme si terrible, vous m'avez fait craindre de telles rivalités, que l'horrible « pourquoi pas ? » dit à propos de l'homme qu'on aime et dont on doute, se leva en moi… Ce que j'éprouvais, j'eus la force de le cacher à cette cruelle enfant, qui avait peut-être deviné l'amour de sa mère.

« — M. de Ravila ! — fis-je, avec une voix qui me semblait dire tout, — mais tu ne lui parles jamais ? — Tu le fuis, —

j'allais ajouter, car la colère commençait ; je la sentais venir... Vous êtes donc bien faux tous les deux ? — Mais je réprimai cela... Ne fallait-il pas que je susse les détails, un par un, de cette horrible séduction ?... Et je les lui demandai avec une douceur dont je crus mourir, quand elle m'ôta de cet étau, de ce supplice, en me disant naïvement :

« — Mère, c'était un soir. Il était dans le grand fauteuil qui est au coin de la cheminée, en face de la causeuse. Il y resta longtemps, puis il se leva, et moi j'eus le malheur d'aller m'asseoir après lui dans ce fauteuil qu'il avait quitté. Oh ! maman !... c'est comme si j'étais tombée dans du feu. Je voulais me lever, je ne pus pas... le cœur me manqua ! et je sentis... tiens ! là, maman, que ce que j'avais... c'était un enfant !... »

La marquise avait ri, dit Ravila, quand elle lui avait raconté cette histoire ; mais aucune des douze femmes qui étaient autour de cette table ne songea à rire, — ni Ravila non plus.

« Et voilà, Mesdames, croyez-le, si vous voulez, — ajouta-t-il en forme de conclusion, — le plus bel amour que j'aie inspiré de ma vie ! »

Et il se tut, elles aussi. Elles étaient pensives... L'avaient-elles compris ?

Lorsque Joseph était esclave chez Mme Putiphar, il était si beau, dit le Koran, que, de rêverie, les femmes qu'il servait à table se coupaient les doigts avec leurs couteaux, en le regardant. Mais nous ne sommes plus au temps de Joseph, et les préoccupations qu'on a au dessert sont moins fortes.

« Quelle grande bête, avec tout son esprit, que votre marquise, pour vous avoir dit pareille chose ! » fit la duchesse, qui se permit d'être cynique, mais qui ne se coupa rien du tout avec le couteau d'or qu'elle tenait toujours à la main.

La comtesse de Chiffrevas regardait attentivement dans le fond d'un verre de vin du Rhin, en cristal émeraude, mystérieux comme sa pensée.

« Et la petite masque ? — demanda-t-elle.

— Oh, elle était morte, bien jeune et mariée en province, quand sa mère me raconta cette histoire, répondit Ravila.

— Sans cela !... » fit la duchesse songeuse.

Du tableau aux nouvelles

Juliette Bertron

Du tableau aux nouvelles

Le Balcon
d'Édouard Manet
(1832-1883)

… les trois personnages d'une grande clarté, éclairés par la lumière du dehors…

Nous faisant face, trois personnages élégamment vêtus se tiennent à un balcon. La balustrade, les volets verts et les hortensias dans leur pot en porcelaine placent le cadre de cette scène entre intérieur et extérieur. À l'arrière-plan, on devine un appartement où l'on peut distinguer, à gauche, un jeune garçon portant un plateau. Si cet appartement est plongé dans une semi-obscurité et ne donne que peu d'indices descriptifs, les trois personnages sont au contraire d'une grande clarté, éclairés par la lumière du dehors.

Le peintre Édouard Manet a exécuté ce tableau, *Le Balcon*, au cours de l'hiver 1868-1869. Le format vertical, traditionnellement choisi pour les portraits en pied afin d'asseoir l'autorité de la figure représentée, est ici employé pour un portrait de groupe. Trois amis du peintre, appartenant à son cercle artistique parisien, ont joué pour lui le rôle de modèles. Debout derrière les deux femmes, au centre de la composition, l'homme moustachu, cigarette à la main, est Antoine Guillemet (1842-1918), peintre de paysage. Se tenant debout à droite, la femme en robe blanche à la coiffe fleurie est Fanny Claus (1846-1869), une jeune violoncelliste. La femme assise au premier plan, un bras appuyé sur la balustrade, est Berthe Morisot (1841-1895), peintre qui deviendra en 1874 la belle-sœur de Manet en épousant son frère Eugène. S'il s'agit de sa première apparition dans la peinture de Manet, Berthe Morisot sera ensuite portraiturée à plusieurs reprises par le peintre. Pour la figure du jeune garçon au plateau, le peintre a repris le motif d'une toile antérieure, exécutée dix ans auparavant.

Au sein du portrait de groupe, Manet donne à la figure de Berthe Morisot une importance primordiale. Par sa posture majestueuse, par la manière dont sa robe blanche s'étend autour d'elle, par la profondeur donnée à l'expression de son visage et par la présence du petit chien à ses pieds, cette femme brune apparaît sans conteste comme le personnage le plus habité et le plus captivant de la composition.

Les vêtements et les accessoires sont traités avec un soin tout particulier. La cravate bleue d'Antoine Guillemet, la coiffe coquette, les gants jaunes et l'ombrelle verte de Fanny Claus, ainsi que la robe, l'éventail rouge, le riche collier vert et or arborés par Berthe Morisot ne sont pas relégués au rang de détails subalternes ; au contraire, ils s'affichent ouvertement comme des éléments essentiels à l'œuvre. Cet aspect témoigne du goût de Manet pour la mode et de sa volonté d'inscrire sa peinture dans son époque. Loin de toute intemporalité, le peintre représente ici les Parisiennes et Parisiens de son temps, et entend bien donner à cette scène mondaine une importance signifiée par les grandes dimensions du tableau : 169 cm sur 125 cm.

... de multiples références à la tradition...

Chez Manet, cette conquête d'une modernité des sujets dans la peinture passe, d'une manière qui peut paraître au premier abord comme paradoxale, par de multiples références à la tradition. Dans les années 1860, l'artiste ne cesse de citer les grands maîtres de la peinture. Son amour pour les peintres espagnols, et en particulier pour Diego Vélasquez (1599-1660), se manifeste dans l'exploitation de thèmes hispanisants, par la citation d'œuvres préexistantes ainsi que par l'adoption d'une touche et d'une facture plus libres. C'est notamment en observant ses prédécesseurs espagnols, en y puisant des sujets et une manière picturale, que Manet cherche à renouveler la peinture, à lui donner un nouvel élan et à l'émanciper des règles académiques marquées par les grands modèles italiens de la Renaissance.

Ce goût pour la culture et l'art espagnols n'est pas le fait réservé de Manet : il apparaît chez le public français et chez les écrivains de l'époque, parmi lesquels Théophile Gautier (1811-1872), dont le *Voyage en Espagne* paraît en 1843, et Prosper Mérimée (1803-1870) qui, suite à un voyage en 1830, publie ses *Lettres d'Espagne* en 1832 et écrit plusieurs nouvelles inspirées par l'Andalousie, comme *Les Âmes du purgatoire* (1834) ou *Carmen* (1845). Manet effectuera, quant à lui, un voyage en Espagne en 1865, voyage qui ne fera que confirmer son admiration pour les peintres exposés au Musée royal de Madrid.

Pour *Le Balcon*, le peintre s'inspire d'une œuvre de Francisco de Goya (1746-1828), *Les Majas au balcon* (vers 1800-1810), aujourd'hui conservée au Metropolitan

Museum of Art de New York. Manet en reprend pour une large part la composition, avec le motif de la balustrade métallique qui occupe presque toute la partie inférieure de la toile, de format vertical. On retrouve également le contraste entre les robes et voilages clairs au premier plan, associés aux figures féminines, et des tons plus sombres du second plan, associés aux figures masculines. De surcroît, la posture de Berthe Morisot n'est pas sans rappeler celle de la *maja* de gauche peinte par Goya. Manet avait sans doute pu voir le tableau — exposé dans la galerie espagnole de Louis-Philippe, présentée au Louvre de 1838 à 1848 — ou sa reproduction gravée (illustrant un ouvrage paru en 1867). Ainsi, *Le Balcon* apparaît comme une réinterprétation libre des *Majas au balcon.*

... Puisque l'artiste ne peut oublier ce qui l'a précédé, il peut ouvertement s'en nourrir...

Cette pratique de l'emprunt et de la réinterprétation — dont l'histoire de l'art offre maints exemples et ce jusqu'à nos jours — peut être qualifiée de réécriture picturale, signifiant par là même combien elle est commune aux artistes et aux écrivains. Tout comme Prosper Mérimée ou Jules Barbey d'Aurevilly se saisissent du mythe de Don Juan pour en écrire leurs versions, Manet offre ici sa propre variation à partir du tableau de Goya, et plus largement autour du thème des Espagnoles au balcon — dont on peut voir d'ailleurs une occurrence sous la plume de Mérimée, lorsqu'il décrit Don Juan et Don Garcia « escalad[ant] le balcon de leurs maîtresses ». Constantin Guy (1802-

1892), artiste français contemporain de Manet, s'est lui aussi emparé du thème en dessinant des femmes espagnoles, éventails à la main et coiffe fleurie, accoudées à leur balcon. Proche en cela du thème des personnages assis aux loges de théâtre, le sujet des figures au balcon est souvent exploité par les artistes parce qu'il repose sur une ambiguïté, entre l'acte de voir et celui d'être vu, et nous renvoie en outre à notre propre situation de spectateur face à la peinture, créant ainsi un jeu sur le regard.

Édouard Manet ne cherche pas à cacher ses sources. Son amour pour l'art espagnol lui vaut à cet égard des reproches de la part des critiques de son temps, qui cherchent à dévaloriser ses toiles en les qualifiant de « pastiches » sans originalité. Pour l'artiste, ses emprunts sont une partie constituante de sa démarche et témoignent d'un véritable parti pris ; il ne s'agit pas de se faire l'héritier passif ou le copiste consciencieux, mais le « ré-inventeur ». Puisque l'artiste ne peut oublier ce qui l'a précédé, il peut ouvertement s'en nourrir. C'est au sein du travail de reprise que se loge la volonté de faire une peinture toute personnelle et novatrice.

En littérature, les écrivains n'hésitent pas eux aussi à signaler leurs prédécesseurs ; Mérimée et Barbey d'Aurevilly citent tous deux dans leurs nouvelles respectives les *Dom Juan* et *Don Giovanni* de Molière et de Mozart, auxquels ils affirment offrir une alternative ou une version actualisée. L'enjeu d'une réécriture, qu'elle soit littéraire ou picturale, se situe dans les variations présentes au cœur d'une ressemblance ou d'une filiation entre plusieurs œuvres.

... Quelle est la nature de la relation entre les personnages ?...

Ainsi, Manet s'approprie le thème traité par Goya et l'actualise, pour offrir l'image des Parisiens de son temps, tout comme Barbey d'Aurevilly crée avec Ravila de Ravilès un « Don Juan de ce temps-ci », et nous décrit un « souper faubourg Saint-Germain et XIXe siècle ». De surcroît, Manet modifie profondément la palette de couleurs présente chez Goya et l'expression des personnages. Tandis que le tableau de Goya dépeint des femmes qui semblent échanger quelques secrets, le sourire aux lèvres, dans une scène de genre populaire très théâtrale, Manet vide la représentation de tout contenu narratif lisible. Quelle est la nature de la relation entre les personnages ? Tous trois tournent leurs regards dans des directions différentes et l'interprétation de leurs postures reste énigmatique. Même le petit chien à la balle, touche de légèreté et d'humour ajoutée par le peintre, ne semble pas attirer l'attention des protagonistes. L'artiste nous livre ainsi une image arrêtée, suspendue dans le temps, proche d'un instantané photographique. Par un jeu analogique, notre regard se porte du vert de la balustrade au vert de l'ombrelle en passant par le vert du ruban noué autour du cou de Berthe Morisot, du bleu des motifs décorant le pot au bleu de la cravate d'Antoine Guillemet, ou encore des hortensias à la coiffe de Fanny Claus, sans que ces trajectoires visuelles ne révèlent la teneur du lien qui unit les trois figures.

À cette énigme s'ajoute une certaine artificialité cultivée par l'artiste. Si le plein air est ici suggéré, la scène se produit dans un espace clos, délimité par l'encadrement vert constitué du haut de la fenêtre, des deux persiennes et de la balustrade. En vérité, l'artiste a fait poser ses modèles dans son atelier, et n'a pas peint son tableau « sur le motif », c'est-à-dire en extérieur.

… Réécriture d'un tableau de Goya, Le Balcon *a, à son tour, donné lieu à des variations…*

En 1869, *Le Balcon* est exposé au Salon officiel — institution majeure au XVIIIe et au XIXe siècles, dont l'intention est d'offrir un panorama des tendances artistiques à partir de la sélection d'un jury. Habitué à provoquer le scandale, Manet choque une fois de plus ses contemporains. La toile fait l'objet de vives critiques, qui portent aussi bien sur l'énigme de la scène que sur les contrastes chromatiques et la crudité du vert et du bleu qui se détachent sur le fond sombre ou les étoffes claires. Manet se voit également reprocher une entorse à la hiérarchie des sujets traditionnellement admise ; les détails vestimentaires sont parfois travaillés avec plus de soin que les visages, plus sommairement brossés, en particulier celui de Fanny Claus. L'artiste fait fi des conventions qui régissent alors la réception de la majorité du public et des critiques.

Ce tableau, aujourd'hui exposé au musée d'Orsay, est l'une des œuvres les plus célèbres d'Édouard Manet. Réécriture d'un tableau de Goya, *Le Balcon* a, à son tour, donné lieu à des variations. En 1951, René Magritte (1898-1967) en peint une parodie, intitulée *Perspective II. Le Balcon de Manet.* L'artiste conserve la composition et remplace les trois personnages par des cercueils, ironisant ainsi sur l'air absent des figures tout en signifiant avec humour l'aspect ancien et mortifère de toute peinture de musée à dépoussiérer. Cet exemple montre combien la pratique de la réécriture laisse un champ infiniment ouvert aux artistes et aux écrivains. Nul ne sait à combien de réinterprétations le mythe de Don Juan conduira lui aussi dans les prochains siècles...

Les nouvelles

en perspective

Philippe Delpeuch

Mouvement littéraire

Don Juan,
de la légende au mythe

1.

Genèse et métamorphose de Don Juan

On appelle « antonomase » le fait de langue consistant à utiliser un nom propre comme nom commun. Pour ne prendre que des personnages de Molière, Harpagon, Tartuffe ou Sosie ont donné leur nom à toute personne partageant le trait dominant qui les caractérise (avarice, hypocrisie, ressemblance physique parfaite avec quelqu'un d'autre). Le « don juan » tient une place à part dans l'ensemble des antonomases issues de la culture théâtrale. Ayant pris le sens de « séducteur sans scrupules », le nom est devenu tellement commun qu'il a même servi à former d'autres mots (« donjuanisme », « donjuaniser », « donjuanesque ») et a fini par se détacher totalement de l'œuvre théâtrale dont il était issu. Cependant, ce mot s'est multiplié dans la littérature avant de se répandre dans la langue, au point d'ailleurs de revêtir différentes orthographes ou appellations : Don Juan le plus souvent, Dom Juan chez Molière, Don Giovanni chez Mozart, et même Monsieur Jean chez Roger Vailland. Commençons donc par présenter les différentes incarnations de ce personnage exceptionnel. Nous pourrons ensuite nous demander comment le type du séducteur s'est constitué en mythe, de réécriture en réécriture.

1. *De Tirso de Molina à Molière*

Dans le titre de la première pièce qui le voit apparaître aux alentours de 1630, le personnage n'est pas désigné par son nom : *El Burlador de Sevilla y convidado de piedra* (*Le Trompeur de Séville et le Convive de pierre*). Son auteur, Tirso de Molina, est un moine dont le propos est clairement apologétique : il se fait le défenseur de la foi chrétienne. Dans le titre même de l'œuvre, Don Juan est désigné par une périphrase qui le résume à ses forfaits, et à son caractère artificieux et criminel ; de plus, il est immédiatement associé au personnage de la statue du Commandeur, qui sera l'instrument céleste de son châtiment. Après s'être introduit par effraction dans le lit de la duchesse Isabelle, le séducteur trompe la confiance d'une pêcheuse, d'une paysanne et enfin de Doña Anna, dont il tue le père (le Commandeur) venu au secours de sa fille. Plus tard, pour se moquer, Don Juan invite à souper la statue funéraire du Commandeur, qui viendra, en effet, pour précipiter l'impénitent dans les flammes de l'Enfer. Certes, Don Juan ne nie pas l'existence de Dieu, mais il est un pécheur récidiviste qui refuse d'entendre les avertissements et remet toujours à plus tard le moment du repentir. Le dénouement démontre spectaculairement que la miséricorde du Ciel a ses limites. Le châtiment doit servir d'exemple à un public effrayé et stupéfait.

Lorsque Molière s'approprie ce thème en 1665, il ne semble pas qu'il ait une connaissance directe de la pièce de Tirso de Molina. Le personnage a été adopté entre-temps par les Italiens, notamment dans la *commedia dell'arte*, avant d'inspirer des auteurs français comme Dorimon et Villiers. Progressivement, le pécheur invétéré se mue en libre-penseur, qui fait ouvertement profession d'incroyance. C'est ainsi qu'il nous apparaît chez Molière, notamment dans sa tirade sur l'inconstance, ainsi que dans sa fameuse formule : « Je crois que deux et deux sont quatre, Sganarelle, et que quatre et quatre sont huit » (acte III, scène 1). Molière ajoute à l'intrigue le personnage d'Elvire, dans le rôle de la femme abandonnée et cependant toujours aimante, et enrichit surtout celui de Don Juan (orthographié « Dom Juan ») en le rendant plus ambivalent. Égoïste et raffiné, hypocrite et beau parleur, il séduit non seulement les femmes, mais aussi le public. Quant à son entêtement dans le péché, il peut s'interpréter aussi bien comme une forme de courage que de démesure. La poltronnerie ridicule de son valet Sganarelle met d'autant plus en valeur la fermeté de Dom Juan face au danger. Chez Tirso de Molina, la terreur finit par pousser le débauché dans un repentir tardif ; chez Molière, le « grand seigneur méchant homme » (I, 1) reste inflexible jusqu'au bout et acquiert de ce fait une dimension prométhéenne. La pièce de Molière ne connaîtra que quelques représentations, et ne sera plus jouée jusqu'au XIXe siècle que dans une version édulcorée écrite par Thomas Corneille.

2. *De Mozart au romantisme*

L'histoire de Don Juan continue cependant à se diffuser dans le théâtre européen tout au long du XVIIIe siècle et finit par franchir les portes des maisons d'opéra. Après quelques autres compositeurs italiens, Mozart fait représenter son *Don Giovanni* à Prague en 1787. Le livret de Lorenzo Da Ponte simplifie l'intrigue en synthétisant les apports espagnols, italiens et français, mais c'est surtout la musique de Mozart qui donne au personnage une nouvelle stature. Le discours de Don Giovanni s'agrémente de mélodies tantôt douces, tantôt légères, tantôt graves, qui renforcent le pouvoir de séduction du personnage. Paradoxalement, les *lamentos* de ses victimes y contribuent tout autant.

Grâce à l'opéra de Mozart, Don Juan devient non plus une figure exclusivement scénique, mais un personnage de récit. Le conte *Don Juan* (1814) d'Hoffmann ainsi que le roman de George Sand *Le Château des Désertes* (1851) sont centrés sur une représentation ou sur la préparation d'une mise en scène de *Don Giovanni*. L'œuvre d'Hoffmann, surtout, ouvre la voie à une conception romantique du personnage. Plus question de réduire celui-ci à la figure d'un pécheur bon vivant et mal pensant : s'il a pu inspirer à Mozart une musique d'une telle profondeur, c'est qu'il a une dimension poétique, celle d'un héros à la poursuite d'un idéal impossible à atteindre, emporté dans une quête à la fois charnelle et métaphysique, qu'il ne peut évidemment satisfaire. Proche de Faust, auquel il est d'ailleurs parfois associé (par exemple dans *Don Juan et Faust*, de Grabbe, en 1829), il s'élève au-dessus du commun des mortels pour atteindre quasiment un statut de demi-dieu. On veut reconnaître le « mal du siècle » dans ce feu qui le ronge, et bon nombre d'auteurs romantiques adopteront cette conception hoffmannienne du personnage. Les poètes s'emparent aussi de Don Juan : lord Byron, Alfred de Musset, Théophile Gautier, plus tard Charles Baudelaire. Pour Gautier, « il est devenu le Faust de l'amour ; il symbolise la soif de l'infini dans la volupté » (*Histoire de l'art dramatique en France*).

Bientôt, en effet, on sera moins tenté de voir dans Don Juan le mal qu'il inflige que l'amour qu'il inspire. Au point que les amantes éplorées deviennent parfois les instruments de son salut. On est bien loin de Tirso de Molina, lorsque Inès, victime du séducteur, sort de sa tombe *in extremis* afin de sauver son amant et de l'emporter dans les cieux : c'est ce qui se produit dans le dernier tableau, opportunément intitulé « Miséricorde de Dieu et apothéose de l'amour », de *Don Juan Tenorio* de Zorrilla (1844). Bien entendu, cet amour n'est salvateur que dans la mesure où il est partagé : le volage Don Juan touché par l'amour, voilà le vrai miracle. Chez Alexandre Pouchkine, dans *Le Convive de pierre* (1830), il délaisse la courtisane Laura pour Doña Anna, veuve du Commandeur qu'il a lui-même tué (un écart par rapport à la tradition, qui fait d'Anna la fille du Commandeur) ; il ne lui cache pas son identité ni son crime et lui déclare sans détour un amour sincère qui n'effarouche pas la belle. La statue interrompt cette idylle naissante, mais le dernier cri de Don Juan sera pour Doña Anna.

Il ne manquait plus qu'à sanctifier Don Juan, et c'est le pas que franchit Mérimée dans *Les Âmes du purgatoire* (1834), tout en donnant au personnage une nouvelle identité : Don Juan Tenorio devient don Juan de Maraña, ni tout à fait le même, ni tout à fait un autre. Alexandre Dumas reprend le personnage dans sa pièce *Don Juan de Marana ou la Chute d'un ange* (1836). Cette fois, l'ange gardien de Don Juan choisit de s'incarner en femme afin de le sauver : au lieu de cela, c'est Don Juan qui l'entraînera dans sa propre chute. On retrouve le motif de l'union amoureuse dans la mort, et l'on serait tenté de voir dans cette fin, non plus une sanction, mais une consécration de l'amour suprême. Gautier ne disait-il pas que « Don Juan ne va pas en enfer, il va en paradis » ? La voie est donc ouverte à toutes les interprétations…

3. *Les nouveaux avatars de Don Juan*

Avant Barbey d'Aurevilly, Balzac avait présenté dès 1830, dans *L'Élixir de longue vie*, un Don Juan vieilli. On pourrait voir dans cette image du héros décrépit, mais refusant de mourir, une préfiguration de l'évolution du mythe au XXe siècle. Dans *La Dernière Nuit de Don Juan* (1921), Edmond Rostand met en scène un séducteur d'abord plein de forfanterie, puis confronté aux spectres de ses mille et trois conquêtes, qui le raillent et le dépouillent de toute fierté et de toute grandeur. Il est enfin condamné par le diable, non pas à brûler dans les flammes de l'Enfer, mais à jouer les pantins dans un théâtre de marionnettes.

Don Juan a-t-il encore quelque chose à nous dire ? Peut-on encore voir en lui un héros sulfureux dans le contexte d'une société largement sécularisée, qui a vu progressivement les mœurs se libérer et les femmes s'émanciper ? Signe des temps, Roger Vadim a tourné son *Don Juan 73*, avec comme sous-titre « Si Don Juan était une femme… » et Brigitte Bardot dans le rôle de… Jeanne, c'est-à-dire le rôle-titre ! Inévitablement, la dimension sacrée et métaphysique du mythe s'est estompée à notre époque au profit d'une approche plus psychologique ou politique. On s'interroge ainsi sur l'incapacité de Don Juan à se fixer. Le psychanalyste Otto Rank, disciple de Sigmund Freud, interprète cette fuite perpétuelle comme une peur du sexe féminin.

Bertolt Brecht s'intéresse davantage au statut aristocratique du personnage, et son rapport avec Sganarelle sert de révélateur à la lutte des classes. De même, Patrice Chéreau met en scène la pièce de Molière en 1969, en faisant de Don Juan un noble traître à sa classe et enfermé dans ses contradictions : un esprit révolutionnaire prisonnier de ses privilèges.

Pour autant, à une époque où le sens du sacré cherche à reprendre une place centrale dans les débats de société, il n'est pas exclu que Don Juan le blasphémateur ne se fasse à nouveau entendre.

2.

Le mythe de Don Juan

1. *Qu'est-ce qu'un mythe ?*

Le terme de « mythe » revêt des significations différentes selon les contextes : un historien de l'Antiquité ou un anthropologue étudiant les « mythes des origines », un philosophe commentant le « mythe de la caverne », un cinéphile évoquant le « mythe de la femme fatale » dans les films noirs des années 1940, ou encore un journaliste dénonçant le « mythe du rêve américain ». Qu'y a-t-il de commun entre un récit fondateur intégré dans une mythologie, une allégorie, un stéréotype et une représentation trompeuse de la réalité ?

En fait, il s'agit toujours d'une fiction qui a une résonance particulière dans l'imaginaire collectif. Le mythe se reconnaît invariablement à son succès et à sa pérennité : il est dans sa nature même de se partager, de se répandre et de se transmettre. Son origine peut remonter à la nuit des temps, et sa transmission est d'abord principalement orale. Le mythe appartient donc à tout le monde et à personne : il n'est pas exclusivement attaché à un auteur. D'autre part, son impact sur la collectivité s'explique par le fait qu'il répond à un besoin, car il explore les questions fondamentales auxquelles est confrontée l'humanité. Ce peut être l'origine et la destination de l'univers, le sens de l'existence, les rapports entre l'humain et le divin, la confrontation du politique et du sacré, de l'individu et du groupe, de la vie et de la mort… On observe donc dans le mythe une projection des angoisses, des pulsions, des tensions et des interrogations auxquelles l'homme fait face, ce qui explique l'universalité et la pérennité de ces histoires, même si (ou plutôt parce que) celles-ci sont amenées à se transformer.

Pour ce qui nous concerne, nous définirons le mythe comme une histoire fictive ressentie comme symboliquement révélatrice de questionnements sur la condition de l'homme et sur son rapport au monde ; nous ajouterons que cette histoire se transmet de génération en génération, avec des variations parfois notables. Examinons donc en quoi Don Juan peut venir se ranger dans cette tradition qui attache la notion de mythe à de grands personnages légendaires, comme Œdipe ou Prométhée, Faust ou Tristan et Iseut.

2. *En quoi l'histoire de Don Juan relève-t-elle du mythe ?*

Il pourrait sembler peu approprié de parler de mythe en littérature, puisqu'il est généralement convenu de considérer que l'œuvre littéraire se définit d'abord par sa singularité : elle est attachée à son auteur, perçu comme créateur, alors que le mythe appartient à tous. Il est vrai par ailleurs que le classement de la légende de Don Juan dans la catégorie des mythes est relativement récent : la formule désormais courante de « mythe de Don Juan » a été consacrée par le titre de l'ouvrage de Jean Rousset, publié en 1978. Comme cet auteur le remarque, on associe habituellement le mythe aux sociétés archaïques, et sa source immémoriale ne permet pas de remonter à un auteur unique et identifiable. L'histoire de Don Juan ne répond pas à ces critères-là, si on les tient comme constitutifs de la définition du mythe. L'origine de l'histoire de Don Juan est clairement établie : il s'agit, comme on l'a vu, de la pièce de Tirso de Molina, datant de l'époque moderne.

Cependant, on ne peut nier que certains motifs importants de l'histoire de Don Juan sont repris de légendes antérieures, parfois très anciennes. Il en est ainsi de l'épisode du retour du mort, ou du châtiment par la statue, qui apparaît dans des histoires apparemment très éloignées, comme celle de Mytis qu'utilise Aristote pour illustrer la notion de tragique, ou celle de la Vénus d'Ille dans le conte de Mérimée. D'autre part, il y a bien longtemps que le nom de Don Juan s'est détaché de celui de son auteur originel. Il n'appartient pas plus à Tirso de Molina qu'à Molière ou à Da Ponte. En cela, ce personnage est bien différent d'un Don Quichotte, pour ne prendre qu'un exemple de grande figure littéraire espagnole, et quasi contemporaine. On peut supposer que l'immensité de l'œuvre de Cervantès défiait les imitations à venir et donnait un caractère définitif à son personnage. Toujours est-il que la création de Tirso de Molina a connu une autre forme de postérité et sa pérennité n'en est pas moins remarquable.

Pour expliquer ce succès, il faut examiner, au-delà des variations que l'histoire a subies, ce qui constitue la spécificité de ce mythe. Jean Rousset repère trois « invariants », trois éléments constitutifs essentiels : la rencontre avec la mort, le groupe de femmes victimes de Don Juan, et le personnage lui-même, dans le rôle du libertin. À cela, on peut ajouter la transgression, qu'elle soit perçue comme condamnable ou comme légitime, qu'elle soit considérée comme un crime, une manifestation de l'*hybris*, ou comme le passage obligé de la quête d'un idéal. La transgression est au cœur de l'intrigue : Don Juan bafoue les lois civiles, morales et religieuses, piétine les règles de la courtoisie et le sacrement du mariage. Il transgresse par nécessité, nul obstacle ne peut freiner l'impétuosité de ses désirs. Dès lors, il force la main de Dieu en l'obligeant à se manifester. Il force aussi les lois de la nature, car c'est bien lui qui fait bouger les statues. Il nous interroge sur notre rapport à la mort, au désir, au sacré et aux normes sociales. Comment ne pas être fasciné par un tel personnage ?

3.

Don Juan de texte en texte

1. *Écriture et réécriture*

Aucune œuvre littéraire ne s'écrit ni ne se lit indépendamment d'autres œuvres écrites et lues antérieurement. Chaque texte est ainsi relié, par un réseau infini de souvenirs, de parentés, de rappels ou d'allusions, à d'autres textes qui l'ont précédé, qui l'accompagnent ou qui le suivront. Le critique Gérard Genette utilise le terme de « transtextualité » pour définir ce type de rapports, explicites ou implicites, qui peuvent exister entre différentes œuvres. Dans son ouvrage *Palimpsestes*, il les classe en cinq catégories : l'« intertextualité » consiste dans la citation ou l'allusion ; la « paratextualité » concerne les liens entre l'œuvre proprement dite et tous les énoncés qui l'accompagnent (titres, sous-titres, préfaces, notes, etc.) ; la « métatextualité » repose sur le commentaire (spécialité du critique) ; l'« hypertextualité » se définit par l'imitation (parodie ou pastiche) ou la transformation ; enfin l'« architextualité » concerne l'obéissance à des codes communs (ceux des genres romanesque ou poétique par exemple).

Ce qui nous intéressera, si l'on cherche à définir les liens qui unissent, directement ou indirectement, *Les Âmes du purgatoire* et *Le Plus Bel Amour de Don Juan* aux Don Juan de Tirso de Molina ou de Molière, n'est pas de l'ordre du paratexte, ni du commentaire. D'autre part, le passage du théâtre au récit éloigne formellement nos deux nouvelles de leurs sources supposées. Les allusions ne sont pas absentes, et nous les examinerons plus loin. Reste le lien d'hypertextualité, et plus précisément le processus de transformation, tant il est vrai que nos deux récits s'écartent visiblement du scénario initial.

2. *Don Juan transposé*

Que reste-t-il, en effet, de Don Juan dans les nouvelles de Mérimée et de Barbey ? À première vue, il semblerait qu'il n'en reste guère que le nom. Mérimée prend un soin particulier, dès le début de son récit, à distinguer son personnage de celui de Don Juan Tenorio, que l'on identifie traditionnellement comme le Don Juan du mythe. Quant à Ravila de Ravilès, « Don Juan » n'est guère pour lui qu'une étiquette, un pseudonyme qui s'affiche d'abord dans le titre, puis tout au long du récit, au point de faire oublier son véritable patronyme. Cependant, par ce choix, l'auteur réveille délibérément dans l'esprit du lecteur tout un jeu de références : on ne peut avoir une lecture innocente d'un récit dont le personnage est nommé, ou surnommé, Don Juan.

Cette résonance du mythe dans les deux récits nous amène d'abord à en chercher l'écho, fût-il déformé. Le texte de Mérimée est indiscutablement le plus fidèle à la tradition. Le cadre est respecté : non seulement l'Espagne, mais plus précisément Séville, au XVIIe siècle. Les personnages rappellent bien l'archétype : un séducteur prêt à toutes les vilénies, des femmes séduites, dont l'une voit son père assassiné sous ses yeux par l'imposteur. Mais où est la statue ? Il se pourrait que la peinture remplace ici la sculpture, avec bien plus d'efficacité puisque le tableau qui donne son titre au récit fait une grande impression sur l'esprit encore malléable du jeune Don Juan. La scène des funérailles semble, elle aussi, une transposition fantastique de la rencontre avec la mort qui est, comme on l'a vu, un motif central du mythe. L'ajout d'un personnage, don Garcia Navarro, peut être lu comme un stratagème typiquement romantique : le couple figurant les deux faces d'un même personnage, Don Juan et son double diabolique. On peut donc voir dans *Les Âmes du purgatoire* une transposition à la fois tragique et fantastique du mythe de Don Juan.

Au contraire, le mythe paraît désacralisé et banalisé dans la version de Barbey d'Aurevilly. Non seulement le lecteur se trouve transporté dans le contexte parisien et contemporain du faubourg Saint-Germain, mais le mode badin sur lequel est traité le thème de la séduction fait apparaître le groupe de femmes comme complices plutôt que comme victimes du libertin. La mort est quant à elle totalement évacuée. La transgression demeure présente à travers la séduction fantasmée de la très jeune fille de la maîtresse de Don Juan, mais sur un mode allusif et léger qui projette le mythe dans un univers qui lui est étranger, celui de la chronique mondaine.

Toutefois, l'étude des deux textes montrera qu'on ne peut s'arrêter à cette première impression d'une approche fantastique d'un côté, vaudevillesque de l'autre, de l'histoire de Don Juan.

Pour aller plus loin…

… dans l'étude du mythe de Don Juan :

Michel BERVEILLER, article « Don Juan », *Encyclopedia Universalis.*

Christian BIET, *Don Juan, Mille et trois récits d'un mythe,* « Découvertes », Gallimard, 1998.

Georges Gendarme DE BEVOTTE, *La Légende de Don Juan : son évolution dans la littérature,* Slatkine, 1906.

Gérard GENETTE, *Palimpsestes,* Seuil, 1982 (notamment le chapitre LXX).

Jean ROUSSET, *Le Mythe de Don Juan,* Armand Colin, 1978, rééd. 2012.

… en lisant quelques œuvres de référence :

Tirso de MOLINA, *Le Trompeur de Séville et le Convive de pierre,* 1630.

MOLIÈRE, *Dom Juan ou le Festin de pierre,* 1665.

E.T.A. HOFFMANN, *Don Juan,* 1814.

Honoré DE BALZAC, *L'Élixir de longue vie,* 1830.

Alexandre POUCHKINE, *Le Convive de pierre,* 1830.

Alexandre DUMAS, *Don Juan de Marana ou la Chute d'un ange*, 1836.

José ZORRILLA, *Don Juan Tenorio*, 1844.

George SAND, *Le Château des désertes*, 1851.

O. V. DE L. MILOSZ, *Miguel Mañara*, 1912.

Edmond ROSTAND, *La Dernière Nuit de Don Juan*, 1921.

Joseph DELTEIL, *Don Juan*, 1930.

Bertolt BRECHT, *Don Juan*, 1953.

Max FRISCH, *Don Juan, ou l'Amour de la géométrie*, 1953.

Roger VAILLAND, *Monsieur Jean*, 1959.

… en changeant de genre :

Wolfgang Amadeus MOZART et Lorenzo DA PONTE, *Don Giovanni*, 1787.

Joseph LOSEY, *Don Giovanni*, 1979 (adaptation cinématographique de l'opéra de Mozart).

Genre et registre

Don Juan, du théâtre au récit

LE PERSONNAGE DE DON JUAN est apparu dans le monde littéraire en tant que figure théâtrale, et c'est sur scène qu'il s'est illustré pendant longtemps, au moins jusqu'à Mozart. Cette spécialisation pourrait apparaître comme inhérente au type qu'il incarne : comédien lui-même et maître du langage, son rôle de séducteur l'amène régulièrement à se donner en spectacle et à faire démonstration de sa virtuosité. On sait aussi à quel point le costume, le masque et le déguisement ont une fonction capitale pour cet hypocrite, constamment occupé à éblouir ses nouvelles proies et à échapper à ses anciennes victimes. Son châtiment lui-même, dénouement inévitable d'une mécanique dramatique implacable, semble devoir trouver sa plus parfaite expression dans le processus merveilleux d'un spectaculaire *deux ex machina.*

C'est d'ailleurs encore par la scène, comme nous l'avons vu, que Don Juan devient un personnage de récit, dans le conte d'Hoffmann : le narrateur assiste à une représentation de *Don Giovanni.* Mais ce passage du théâtre au récit, qui s'opère en plein romantisme, modifie nécessairement l'approche du mythe, et la perception que l'on en a n'est plus cantonnée au point de vue externe du spectateur : le personnage gagne donc en intériorité. Nous verrons comment les deux œuvres qui nous occupent ici, tout en s'inscrivant dans l'héritage des drames de Molière ou de Mozart, proposent une approche différente du mythe, du fait même de la forme narrative qui est la leur.

1.

Du théâtre au récit : la filiation

Les deux récits présentent tout un jeu d'allusions diffuses ou de références plus directes à la pièce de Molière et à l'opéra de Mozart.

1. *Les allusions*

Les allusions rendent manifeste l'intertextualité en établissant des points de convergence qui réaffirment le lien à la fois génétique et sémantique entre le mythe et les deux récits. D'une part, elles mettent au jour la source d'inspiration ; d'autre part, elles livrent des indices d'interprétation, ou tout au moins jettent un éclairage particulier sur l'histoire. Ces allusions se trouvent à la fois dans la caractérisation du personnage et dans certains épisodes du récit.

Ainsi, Barbey d'Aurevilly comme Mérimée mettent en scène le goût de Don Juan pour les jeunes dévotes, ces proies plus difficiles qui font la fierté du chasseur. L'exergue du *Plus Bel Amour de Don Juan* est très clair sur ce point : « Le meilleur régal du diable, c'est une innocence » (p. 81). De même, chez Mérimée, don Juan de Maraña, dans le défi qu'il s'est imposé, séduire la sœur Agathe, « surpris de réussir plus vite qu'il ne s'y était attendu, éprouve une espèce de regret de ne pas rencontrer plus d'obstacles » (p. 61). Ce trait commun n'est pas sans rappeler le Dom Juan de Molière : celui-ci a arraché Done Elvire au couvent et lui trouve à nouveau un certain charme au moment où elle lui réapparaît à l'acte IV, voilée, sur le point de revenir à la dévotion et à l'austérité. Par ailleurs, lorsque Barbey parle de « Don Juan au cinquième acte » (p. 84) pour caractériser son personnage, il ne le fait certes pas par allusion à une pièce en particulier, au contraire, il marque son originalité, car aucune pièce jusque-là n'a représenté un Don Juan vieillissant. Cependant, par cette caractérisation métaphorique du personnage au dernier acte de sa vie, il rappelle clairement son origine théâtrale.

De même, certains épisodes emblématiques du drame donjuanesque se retrouvent tantôt furtivement évoqués, tantôt transplantés dans le récit. Impossible de ne pas penser à la célèbre scène du catalogue, dans *Don Giovanni*, lorsque Don Juan de Maraña s'amuse à « dresser la liste de toutes les femmes qu'il avait séduites » (p. 58), ou lorsque le nombre de *mille è trè* est malicieusement envisagé par la marquise au sujet des conquêtes de Ravila de Ravilès. Plus remarquable encore est la reprise de la scène d'ouverture de l'opéra de Mozart (elle-même inspirée de la pièce de Tirso de Molina) dans la tentative de viol de Fausta par Don Juan de Maraña, suivie du meurtre du père de cette dernière. Cette transposition met d'ailleurs en évidence une différence de traitement entre l'opéra et la nouvelle : non seulement on passe du point de vue externe au point de vue interne du protagoniste, mais la scène d'ouverture de l'opéra nous fait apparaître d'emblée Don Giovanni comme un criminel achevé, alors que l'épisode du récit constitue une péripétie dramatique dans un processus en cours, celui de la corruption progressive du personnage. Enfin, on retrouve un écho de la scène 3 de l'acte V de *Dom Juan*, lorsque chez Mérimée le héros repenti et plein de componction refuse de se battre en duel avec le frère de doña Fausta et doña Teresa. Ce dernier exemple fait apparaître à quel point la source peut contaminer ou brouiller la lecture de l'œuvre, car chez Molière, les protestations de dévotion adressées au frère de Done Elvire par Dom Juan sont clairement des manifestations de son hypocrisie : doit-on donc, comme don Pedro, douter de la sincérité de « frère Ambroise » ?

2. *Les références explicites*

Il est intéressant de remarquer que nos deux auteurs, lorsqu'ils se réfèrent explicitement au personnage théâtral, le font sur le mode de la comparaison ou de la métaphore. Cette particularité souligne paradoxalement la distinction entre leur personnage et celui de Tirso ou de Molière, tant il est vrai que l'on ne compare pas le même au même… On observera notamment les explications que donnent Mérimée et Barbey d'Aurevilly au début de chaque récit sur le nom du personnage. Les deux établissent clairement un lien d'analogie, mais non d'identité entre leur héros et le Don Juan de la légende. Mérimée compare Tenorio et Maraña pour mieux les distinguer et prétend « faire à chaque don Juan la part qui lui revient dans leur fonds commun de méchancetés et de crimes » (p. 8) — nous venons de voir qu'il ne remplit pas tout à fait les termes de ce contrat. Quant à Barbey, il désigne tout d'abord son personnage par le nom de Don Juan, mais sur un mode métaphorique, puisque sa véritable identité est ensuite révélée : Jules-Amédée-Hector de Ravila de Ravilès, « de cette antique race Juan éternelle » (p. 83). De même, lorsque le narrateur évoque « l'heure du terrible souper avec le froid Commandeur de marbre blanc » et « l'enfer de la vieillesse » (p. 85) au sujet du dîner qui réunit Ravila et ses anciennes maîtresses, il souligne par là même la différence avec l'ultime souper de Don Juan. Ce boudoir est peut-être l'antichambre de l'Enfer, mais d'un enfer bien terrestre, où la statue de pierre n'a pas été conviée.

2.

Une temporalité différente

1. *Temps du théâtre et temps du récit*

Platon et Aristote distinguaient théâtre et récit par les concepts de *mimèsis* et de *diégèsis* : l'un montre l'action en l'imitant, l'autre en rend compte verbalement. Il en résulte une approche totalement différente du temps. L'unité de mesure temporelle au théâtre est la scène, que l'on peut voir comme une tranche de temps réel : à l'intérieur d'une scène, la durée de l'action est en principe égale au temps de la représentation. Certes, l'ellipse n'est pas exclue (logée traditionnellement entre les actes), pas plus que le sommaire (dans des répliques narratives) ; même la pause est envisageable (par exemple le plateau figé avant l'entrée en scène des personnages). Cependant, la pièce de théâtre est avant tout perçue comme une suite de scènes, elles-mêmes souvent inscrites dans une durée resserrée — c'est la fameuse unité de temps du théâtre classique.

Le rythme du récit offre, quant à lui, une très grande élasticité. Ainsi, en quelques dizaines de pages, Mérimée retrace toute une vie, s'arrêtant sur quelques moments forts comme les épisodes de meurtres ou celui de la cérémonie funéraire, entrecoupés de sommaires qui résument parfois des années entières (l'enfance de Don Juan) ; il use de l'ellipse sur certaines périodes à faible teneur dramatique (les premières années au couvent), mais fait, au contraire, une pause descriptive sur tel détail frappant, comme le tableau représentant les âmes du purgatoire.

On peut dès lors soupçonner que le personnage change d'aspect en passant de la forme théâtrale à la forme narrative.

2. *Don Juan dans le présent*

Le Don Juan que l'on connaît au théâtre comme à l'opéra est typiquement un personnage enfermé dans le présent, ou plus précisément dans le futur immédiat, celui de la prochaine conquête. Il fuit ses amours passées, qui l'ennuient : « lorsqu'on en est maître une fois, il n'y a plus rien à dire ni rien à souhaiter ; tout le beau de la passion est fini, et nous nous endormons dans la tranquillité d'un tel amour, si quelque objet nouveau ne vient réveiller nos désirs, et présenter à notre cœur les charmes attrayants d'une conquête à faire », affirme-t-il chez Molière. Tout aussi bien, il refuse d'entendre parler des conséquences futures de ses actes et reste sourd aux avertissements sur le salut de son âme : « *Tan largo me lo fiais !* » (« Bien lointaine est votre échéance ! », autrement dit : « J'ai tout mon temps ! »), répond-il dans la pièce de Tirso de Molina à chaque fois qu'on le met en garde en l'incitant au repentir avant qu'il ne soit trop tard.

Cet aspect de Don Juan fait de lui un personnage éminemment théâtral. La force du drame est dans le choix du moment. Et pour lui qui refuse de s'inscrire dans la durée, le moment critique sera celui où il est rattrapé par ses crimes passés, ce qui le précipite inexorablement dans le châtiment à venir. La pièce se concentre alors sur quelques heures de la vie de Don Juan, encore jeune mais déjà suffisamment expérimenté dans l'art de la séduction et de la tromperie. Comme pour le souverain de Thèbes dans *Œdipe roi* de Sophocle, le temps de la pièce est celui qui offre le plus bel effet dramatique : moment de gloire, qui sera aussi celui de la chute.

3. *Don Juan dans la durée*

La narration permet une approche différente de la temporalité : de manières distinctes, nos deux auteurs inscrivent le personnage dans la durée. Mérimée adopte le récit biographique, qui permet de mettre l'accent sur l'évolution, la formation et la succession des péripéties qui font l'histoire d'une vie. Barbey d'Aurevilly, quant à lui, opte pour le récit rétrospectif en nous présentant un Don Juan vieilli, au moment du souvenir et du bilan. Non seulement Ravila prend plaisir à la compagnie de ses anciennes maîtresses, mais il répond même très positivement à l'invitation qui lui est faite de se retourner sur son passé : non sans mélancolie, il admet qu'« il y en a *un* entre tous les sentiments de la vie, qui rayonne toujours dans le souvenir plus fort que les autres, à mesure que la vie s'avance » (p. 91).

Notre perception du personnage en est forcément

modifiée. Tout cela ouvre des perspectives sur un avant et un après que l'on n'envisageait guère jusque-là. Loin du mythe constitué, défini, et pour ainsi dire consacré par ce moment particulier qui est celui du châtiment, le récit nous propose un personnage plus fortement individualisé, doté d'un passé, d'une histoire et d'une psychologie. Dès lors, la dimension humaine du personnage est rétablie. En sortant du genre théâtral, Don Juan entre dans l'histoire : il quitte la scène comme on descend d'un piédestal.

3.

La voix du narrateur

1. *Polyphonie au théâtre*

La différence formelle la plus évidente du récit par rapport au texte théâtral est la présence d'un narrateur. Alors que la parole est distribuée entre tous les personnages au théâtre, elle est dominée dans le récit par celle du narrateur qui s'interpose entre nous et les faits qu'il nous rapporte. Cette médiation influe naturellement sur notre perception des événements et des personnages : elle est même déterminante pour ce qui concerne le jugement que nous pouvons porter sur eux.

Certes, le théâtre connaît certains moyens d'orienter le jugement du spectateur. L'action en elle-même est parlante : chez Tirso de Molina, par exemple, le dénouement édifiant illustre une condamnation manifeste de tous les déportements de Don Juan, tout en validant les mises en garde constantes qu'il a refusé d'entendre. D'autre part, à la manière du chœur dans la tragédie antique, certains personnages font entendre une voix dont la résonance grave les fait apparaître comme des autorités morales : Elvire ou Don Louis occupent cette fonction dans la pièce de Molière. Cependant, ces voix se perdent dans une polyphonie qui ne leur permet pas de dominer de façon constante à la manière du narrateur dans le récit.

2. *Univocité du récit*

Cette univocité semble très claire dans *Les Âmes du purgatoire*. Dès qu'il s'agit d'évaluer le parcours du personnage, les indices de jugement fusent pour condamner ses errements et ses crimes, comme le montrent les quelques exemples suivants : « C'est ainsi que don Juan perdait, l'une après l'autre, toutes les heureuses qualités que la nature et son éducation lui avaient données » (p. 36) ; « À chacune des paroles de Garcia le diable entrait plus avant dans le cœur de don Juan » (p. 40) ; « la dureté factice dont il était parvenu à remplir son cœur le délivra bientôt de ses remords » (p. 52) ; « la vanité lui donnant la force de soutenir jusqu'au bout le rôle détestable qu'il avait si longtemps joué » (p. 56).

Au contraire, le narrateur du *Plus Bel Amour de Don Juan* n'est jamais en reste pour enfiler les hyperboles élogieuses au sujet de Ravila de Ravilès : « C'était la vraie beauté, — la beauté insolente, joyeuse, impériale, *juanesque* enfin » (p. 85). Certes, l'éloge est plus esthétique que moral, mais les condamnations éthiques ne se font que du bout des lèvres, et sur un mode purement rhétorique, propre à renforcer le pouvoir de fascination du personnage : « Assis comme un roi — comme le maître — au milieu de la table, en face de la comtesse de Chiffrevas, dans ce boudoir fleur de pêcher ou de...

péché [...], le comte de Ravila embrassait de ses yeux, bleu d'enfer, que tant de pauvres créatures avaient pris pour le bleu du ciel, ce cercle rayonnant de douze femmes » (p. 87). De même, les comparaisons à Sardanapale ou à Nabuchonosor renforcent sa prestance royale, plus qu'elles n'entament sa stature morale.

3. *Ambiguïté et ironie*

Cependant, les choses ne sont pas aussi simples : nos deux récits sont en fait bien équivoques, puisque Barbey, l'auteur catholique, paraît moralement complice du débauché, tandis que le sceptique Mérimée semble vouloir faire l'apologie d'une conversion miraculeuse. Il faut voir de l'ironie dans ce double paradoxe. Mérimée est-il sincèrement scandalisé par les agissements de son héros ? Croit-il en sa sainteté soudaine ? Ce dernier point est généralement laissé à l'appréciation du public, sans que la question ne soit tranchée par le narrateur : « don Juan prononça ses vœux et continua, sous le nom de frère Ambroise, à édifier toute la maison par son austérité » (p. 73) ; « Il mourut vénéré comme un saint, même aux yeux de ceux qui avaient connu ses premiers déportements » (p. 78). Tout lecteur attentif détectera par ailleurs des pointes ironiques dirigées contre le clergé, en la personne du casuiste don Cristoval qui commet le péché de simonie, ou en celle du supérieur du couvent : « C'était un homme rempli de présence d'esprit », est-il dit pour expliquer son habileté à étouffer le scandale (p. 77).

Quant à Barbey d'Aurevilly, trop chrétien pour se désintéresser de la question du mal, il pourrait également être le destinataire de cette réplique adressée au narrateur de sa nouvelle : « Pour un catholique, je vous trouve profanant » (p. 82). C'est que la profanation n'existe pas sans le sacré et pourrait être perçue comme un hommage qui lui est rendu par le mécréant, un peu comme l'hypocrisie est un hommage du vice à la vertu. Après tout, Don Juan nous est présenté comme « un rude spiritualiste » : « Il l'est comme le démon lui-même, qui aime les âmes encore plus que les corps » (p. 88). Ne le montre-t-il pas, en effet, lorsqu'on lui demande d'élire son plus bel amour ? Don Juan choisissant la jeune vierge, c'est l'hommage de la débauche à l'innocence — aussi bien que l'inverse, puisqu'elle l'avait choisi la première, du moins inconsciemment.

Pour prolonger la réflexion…

… sur Don Juan et le temps :

Micheline SAUVAGE, *Le Cas Don Juan*, Seuil, 1953.

… sur les notions de *mimèsis* et de *diègèsis* :

ARISTOTE, *Poétique*, Gallimard, 1996.

Gérard GENETTE, *Figures II*, Seuil, 1969.

L'écrivain à sa table de travail

La construction d'une nouvelle

1.

Remontons aux sources

1. *De Juan de Maraña à Miguel de Mañara*

Mérimée était intéressé par l'Espagne bien avant de la visiter, comme le prouve son *Théâtre de Clara Gazul*, publié en 1825. Cependant, le premier séjour qu'il y fait, en 1830, sera déterminant pour lui. Il se passionne pour la culture, les paysages et les caractères humains de ce pays tout à la fois si proche et si éloigné de la France. Il partage avec ses amis romantiques ce goût du pittoresque qui deviendra, le temps et le succès aidant, une grande fabrique de clichés, et il s'attache dans ses œuvres à rendre la *couleur locale*, que ce soit celle de la Corse dans *Colomba*, ou celle de l'Andalousie dans *Carmen*. Cela se traduit notamment, dans les *Âmes du purgatoire*, par l'attention portée aux particularités du cadre et des costumes, à l'insertion de scènes ou de personnages typiques, le tout rendu plus authentique par l'utilisation fréquente de mots espagnols.

L'intrigue elle-même lui a été inspirée par sa visite de

la chapelle de la Charité à Séville, qu'il évoque au début de la nouvelle. On peut encore y voir, dans l'entrée, la pierre tombale dont Mérimée cite presque exactement l'inscription : *Aqui yacen los huesos del peor hombre que ha habido en el mundo* (« Ci-gisent les os et les cendres du pire homme qui fut au monde »). Le reste de l'inscription insiste davantage sur la grande dévotion et l'immense humilité de Miguel de Mañara, qui a composé lui-même l'épitaphe en question et a demandé à être enterré sur le seuil de l'église « pour que chacun le piétine » et parce que « son corps impur est indigne d'entrer dans l'église de Dieu ». En somme, si l'on veut parler de réécriture au sujet des *Âmes du purgatoire,* cette épitaphe peut être considérée comme une source, au même titre que les diverses versions du mythe de Don Juan. On pourrait ainsi lire la nouvelle de Mérimée comme une expansion de l'inscription funéraire de Miguel de Mañara (celle-ci constituant alors ce que Genette appelle l'hypotexte des *Âmes du purgatoire*). Tout y est, à l'état embryonnaire : l'indignité du vice et du crime, contrastant avec la pénitence et la sainteté.

À vrai dire, de la figure historique au personnage de fiction, Mérimée n'a pas modifié seulement le nom et le prénom. De l'enfance de Don Miguel Mañara y Vicentelo de Leca, né en 1627 dans une famille noble sévillane d'origine corse, on sait en fait peu de choses. Il est probable qu'il ait avantageusement profité de son statut et de sa fortune durant sa jeunesse, comme le laisse supposer son testament, où il confesse avoir abandonné le nom de Jésus-Christ pendant ses jeunes années en se mettant « au service de Babylone et de ses vices ». Nulle trace cependant des crimes que lui attribue Mérimée. Il est de même douteux qu'il ait jamais participé à la guerre des Flandres. Le tournant dans sa vie, et l'élément déclencheur de sa conversion, semble être la mort de son épouse en 1661. Il rejoint alors la confrérie de la Sainte-Charité, dont il devient *hermano major* (« frère supérieur ») en 1663. Cette institution qui s'occupait à l'origine d'enterrer les morts anonymes, suppliciés ou noyés, élargit ses attributions sous son impulsion pour recueillir les pauvres et les malades. Don Miguel se défait progressivement de sa fortune pour achever la construction d'une église et pour bâtir un hospice, se consacre à ses œuvres mystiques et meurt en odeur de sainteté en 1674.

Quant à l'épisode phare de la nouvelle, la scène fantastique des funérailles de Don Juan, il est bien évidemment fictif. Cependant, Mérimée ne l'a pas inventé de toutes pièces. Tout comme la rencontre avec la statue du mort dans le mythe de Don Juan, le spectacle de ses propres funérailles est un motif ancien et récurrent, notamment dans la littérature espagnole dès le XVIe siècle. Certains voient une source possible dans l'histoire de Lisardo, l'étudiant de Cordoue, racontée par Cristovàl Lozano dans *Solitudes de la vie et désillusions du monde*, publié en 1658, donc du vivant de Miguel de Mañara.

2. *De Ravila à d'Aurevilly*

Avec *Le Plus Bel Amour de Don Juan*, nous sommes bien loin de l'Espagne du XVIIe siècle. Nous voilà projetés dans un monde moins âpre, celui du faubourg Saint-Germain sous le Second Empire. Le vice est toujours là, mais raffiné jusqu'à sa quintessence. Ce milieu et cette époque sont ceux de Barbey d'Aurevilly, et il fait peu de doute qu'il se soit complaisamment projeté dans le portrait flatteur du comte Ravila de Ravilès. Le nom signe par un calembour le caractère de séducteur dandy et flamboyant dans lequel Barbey aimait à se reconnaître : non seulement « Ravis la », mais aussi « Ravis les toutes » ! Les prénoms de Jules-Amédée signalent de façon encore plus évidente le parallèle entre l'auteur et son personnage. Quant à la vieillesse de Don Juan, qui fait l'une des particularités frappantes de cette nouvelle, elle semble être l'effet des méditations d'un Barbey alors presque sexagénaire, sur sa propre existence :

> les griffes de tigre de la vie commençaient à lui rayer ce front divin, couronné des roses de tant de lèvres, et sur ses larges tempes impies apparaissaient les premiers cheveux blancs qui annoncent l'invasion prochaine des Barbares et la fin de l'Empire... Il les portait, du reste, avec l'impassibilité de l'orgueil surexcité par la puissance ; mais les femmes qui l'avaient aimé les regardaient parfois avec mélancolie. Qui sait ? elles regardaient peut-être l'heure qu'il était pour elles à ce front ? Hélas, pour elles comme pour lui, c'était l'heure du terrible souper avec le froid Commandeur de marbre blanc, après lequel il n'y a plus que l'enfer, — l'enfer de la vieillesse, en attendant l'autre ! (p. 85).

Certes, l'impiété de Ravila le distingue de son créateur, du moins à cette époque de sa vie, mais n'oublions pas que l'irréligion qui lui est attribuée n'a rien de vulgaire ni de matérialiste, puisque sa proximité avec le démon fait de lui un « rude spiritualiste ».

L'histoire n'est pas strictement autobiographique, mais elle semble bien emprunter quelques souvenirs personnels à son auteur. Il avait entendu une anecdote similaire chez son amie la baronne Almaury de Maistre, au sujet de sa nièce. Mme de Maistre crut se reconnaître dans le personnage de la marquise et n'en fut pas ravie. Dans sa préface au recueil des *Diaboliques*, Barbey insiste d'ailleurs sur la vérité de ces histoires :

> Rien n'a été inventé. On n'en a pas nommé les personnages : voilà tout ! On les a masqués, et on a démarqué leur linge.

Cependant, cette question de la « vérité » des faits est évidemment à prendre avec précaution. Mérimée aussi prétend garantir l'authenticité de son histoire, avec une certaine dose d'ironie : « Quant à la vérité de cette histoire [...], elle est incontestable, et on offenserait grandement le patriotisme provincial des Sévillans si l'on révoquait en doute l'existence de ces garnements qui ont rendu suspecte la généalogie de leurs plus nobles familles » (p. 8). Il nous reste donc à examiner, au-delà de la prétendue exactitude des faits, la manière dont nos deux auteurs composent avec la réalité, autrement dit comment ils créent un univers référentiel qui leur est propre.

2.

Construction d'une fiction

Comme pour appuyer leurs protestations d'authenticité, les deux nouvellistes s'appliquent à ancrer leur récit dans un cadre spatio-temporel reconnaissable, voire familier. Mérimée nous invite à visiter la chapelle de la Charité à Séville et à examiner la pierre tombale — bien réelle — qui se trouve à l'entrée. Même le transport dans une époque passée plutôt lointaine ne présente pas pour lui un obstacle à cet ancrage dans le réel, comme il l'affirme dans sa *Chronique du temps de Charles IX* : « Je n'aime dans l'histoire que les anecdotes, et parmi les anecdotes, je préfère celles où j'imagine trouver une peinture vraie des mœurs et des caractères à une époque donnée. » Quant à Barbey, il nous plonge dès le début du récit, *in medias res*, au beau milieu d'une conversation, dans le cadre contemporain du Paris mondain, celui du faubourg Saint-Germain.

Cependant, nous constaterons que la composition de leurs récits, malgré leurs différences, contribue à mettre le réel à distance, pour mieux travailler l'imaginaire du lecteur.

1. *La nouvelle fantastique : plongée dans le cauchemar*

La narration dans les *Âmes du purgatoire* suit un schéma strictement chronologique. Mérimée prend pour modèle l'hagiographie, c'est-à-dire le récit de la vie des saints, organisé autour de la conversion, précédée d'une jeunesse dévoyée, suivie d'une période de pénitence, d'ascèse et de souffrances (sans oublier les miracles). Cette structure souligne la place centrale et la fonction capitale de la scène de l'enterrement, dont le choc traumatique provoque ce coma de l'âme dont Maraña se réveille métamorphosé et converti. Cette scène est traitée sur un mode fantastique très caractéristique : la nuit, le décor plus ou moins gothique, les visions d'horreur, la mort qui vient à la rencontre de la vie. Surtout, le point de vue interne du personnage de Don Juan permet de mettre en suspens toute explication, naturelle ou surnaturelle, du phénomène auquel il assiste. Le lecteur reste prisonnier de ces visions angoissées.

La dimension fantastique du passage des funérailles n'est pas isolée dans le récit. Elle est bien entendu présente avec le personnage de Garcia, dont on ne saurait dire s'il est pour Don Juan un double démoniaque ou simplement une mauvaise fréquentation. Son affiliation avec le diable est suggérée dès sa première apparition par l'étudiant de Salamanque, sans être avérée ni démentie. De plus, la scène fantastique est préparée : tout le récit de la vie de Maraña avant la conversion est encadré par deux descriptions du tableau représentant les tourments du purgatoire, dont la dernière, immédiatement avant la scène de l'enterrement, est littéralement cauchemardesque. La peinture religieuse se veut certes édifiante, mais sa mise en garde passe par l'effroi, de sorte que son effet est de conditionner l'esprit du lecteur comme celui du personnage : nous ne voyons plus le tableau, mais ce qu'il représente. À la manière des portraits du conte *La Cafetière* (1831) de Théophile Gautier, ce tableau s'anime et ouvre la porte au fantastique.

Notons par ailleurs que la partition du récit, entre ce qui précède et ce qui suit la conversion, est fortement déséquilibrée. Le rythme de la narration n'est pas le même selon que l'on évoque les crimes ou le repentir de Maraña : les premiers sont racontés dans de longues scènes, alors que le second fait l'objet d'un rapide sommaire. La seule scène développée dans la dernière partie du récit est, comme par hasard, celle de la rechute : le meurtre de Don Pedro. Gide disait qu'on ne fait pas de bonne littérature avec de bons sentiments. En tout cas, les écarts de Don Juan, plus que ses actes de contrition, sont propres à frapper l'imagination du lecteur, ce qui relativise, s'il en était besoin, la portée édifiante du récit. Sainte-Beuve écrit dans ses *Cahiers* :

> On a beau faire, on ne peut se purger de tout son christianisme. Mérimée ne croit pas que Dieu existe, mais il n'est pas bien sûr que le diable n'existe pas.

Sur ce dernier point au moins, Mérimée ne serait pas finalement si éloigné de Barbey d'Aurevilly.

2. *Le récit enchâssé : invitation au rêve*

Dans *Les Diaboliques*, le parti pris moralisant est assumé et clairement affiché dans la préface de 1874 : « Quand on aura lu ces *Diaboliques*, je ne crois pas qu'il y ait personne en disposition de les recommencer en fait, et toute la moralité est là... » Il s'agirait donc de montrer le diable pour mieux le démasquer et s'en prémunir. C'est une conception bien éloignée du catholicisme bien-pensant qui prévaut à cette époque, ce qui explique les déboires de Barbey avec la justice au moment de la publication du recueil, qui fit scandale. Toujours est-il que ce titre soulève un problème d'interprétation : qui est diabolique dans cette nouvelle ? La réponse la plus évidente désignerait Ravila de Ravilès, car la figure du démon est constamment associée à celle de « ce diable d'homme » (p. 82), et le repas de ces douze pécheresses autour de leur idole apparaît comme une image inversée de la Cène, presque une messe noire. Cependant, dans cette même préface, Barbey d'Aurevilly désigne explicitement les femmes du recueil : « Diaboliques ! il n'y en a pas une seule ici qui ne le soit à quelque degré. » La dévote marquise Guy de Ruy est hors de cause : elle se réduit à sa fonction de destinataire du récit. Les maîtresses de Don Juan méritent certainement le titre de diaboliques tant elles semblent gagnées à sa cause, mais aucune ne se détache du lot. Reste la « petite masque ».

Toute la narration est tendue vers la confession de l'adolescente, comme celle de Mérimée l'était vers le récit des funérailles. Le titre de la nouvelle soulève une question dont la réponse n'est apportée que par l'aveu de la jeune fille, aveu qui la désigne comme suprême conquête de Don Juan. Certes, son innocence et sa virginité devraient la préserver de toute suspicion de diabolisme. Cependant, sa naïve confession d'un péché inexistant révèle en creux le désir refoulé du vice. Comment serait-elle désignée par Don Juan comme son plus bel amour, sinon parce qu'il considère qu'elle a cédé au magnétisme charnel qu'il exerce sur elle, comme le montre la scène du piano ? Pourtant, Barbey déclarera au juge :

> Cette nouvelle est la plus spiritualiste que j'ai faite. Tout y est dans un rêve. J'ai voulu mettre en valeur ce fait virginal qui me semble délicieux, qu'une enfant est d'autant plus innocente qu'elle se croit coupable.

L'auteur semble vouloir se démarquer de son personnage. Innocente ou diabolique, victime ou coupable, la question n'est pas tranchée.

Ce qui est sûr, en revanche, c'est que les faits nous paraissent bien transmis « comme dans un rêve ». Cet effet est rendu principalement par le procédé du récit enchâssé, que Barbey affectionne particulièrement. Autant l'ouverture *in medias res* permettait de faire vibrer à nos oreilles la conversation des deux premiers interlocuteurs comme si nous y assistions, autant la parole de la « petite masque » nous paraît distante. C'est que non seulement elle remonte d'un passé lointain, mais surtout qu'elle est relayée par une série de discours rapportés qui sont autant de récits emboîtés comme des poupées russes. En somme, on pourrait résumer la nouvelle ainsi : le narrateur premier nous informe qu'il dit à la marquise Guy de Ruy que Ravila lui a raconté qu'il avait révélé à l'assemblée de ses anciennes maîtresses que la duchesse de *** lui avait confié que sa fille lui avait avoué qu'elle se croyait enceinte de ses œuvres…

Cette mise en abyme a pour effet de suspendre le lecteur et les destinataires divers du récit aux lèvres des narrateurs successifs, et principalement de Ravila, dont Barbey prend soin de signaler à plusieurs reprises les talents de conteur. Ce *crescendo* ne débouche pourtant pas sur le récit d'une scène sensationnelle ou fantastique comme chez Mérimée : dans *Les Diaboliques*, le mal est essentiellement moral, logé dans l'intention et le secret de la conscience, plutôt que dans l'acte lui-même. De ce fait, la révélation est plus suggestive que spectaculaire, et le non-dit appelle la méditation, comme le montre le dernier mot du récit : « — Sans cela !… fit la duchesse songeuse » (p. 107), conclusion qui n'est pas sans rappeler celle de *Sarrasine*, de Balzac : « Et la marquise resta pensive. » Cette fin en points de suspension suggère ainsi une continuation du récit dans la rêverie du lecteur.

Pour en savoir plus :

Prosper MÉRIMÉE, *Théâtre de Clara Gazul, Romans et nouvelles*, éd. de Jean Mallion et Pierre Salomon, « Bibliothèque de la Pléiade », 1979.

Jules BARBEY D'AUREVILLY, *Œuvres romanesques complètes*, t. II, éd. de Jacques Petit, « Bibliothèque de la Pléiade », 1966.

André BILLY, *Mérimée*, Flammarion, 1959.

Xavier DARCOS, *Mérimée*, La Table ronde, 1998.

Pierre GLAUDES, « Les Dessous d'une antipathie : Barbey d'Aurevilly juge de Mérimée », *Littératures — Mérimée*, n° 51, 2004.

Christophe CHAQUINIAN, « Les Diaboliques, Rhétorique et Message moral », *La Revue des Lettres Modernes,* Caen, Minard, 2012.

François TAILLANDIER, *Un réfractaire, Barbey d'Aurevilly*, Bartillat, 2008.

Groupement de textes

La transgression selon Don Juan

LE PERSONNAGE DE DON JUAN est intrinsèquement attaché au thème de la transgression. Le séducteur se libère des règles morales, sociales et religieuses, dans un mouvement que l'on pourrait attribuer aussi bien à l'égoïsme et à l'insouciance, qu'à un esprit révolutionnaire et libertin, ou simplement provocateur. Ce goût de la transgression prend une tournure d'autant plus sensible et problématique lorsqu'il rencontre le sacré. Par la parole ou par les actes, Don Juan bafoue non seulement les règles de la bienséance et celles de l'ordre établi, mais il se moque de tout ce qu'il y a de plus respectable : les liens du mariage, la vie humaine et la puissance céleste elle-même. Dans les textes qui suivent, la présence ou la proximité d'un lieu saint (église ou mausolée du Commandeur) semble susciter en lui, immanquablement, la tentation de la profanation.

Tirso de MOLINA (1583-1648)

Le Trompeur de Séville et l'Invité de pierre (1630)

(trad. H. Larose, Éditions Gallimard, Folio bilingue)

Le titre donné à sa pièce par Tirso de Molina met en avant la tromperie, constamment utilisée par Don Juan pour arriver à ses fins. En Italie, il usurpe l'identité d'Octave, amant d'Isabelle, pour passer la nuit avec celle-ci. Usant du même stratagème lors de son retour à Séville, il emprunte le manteau du marquis de La Mota pour prendre sa place dans la couche de Doña Anna d'Ulloa, mais il est surpris par son père, le Commandeur Don Gonzale, et le tue. Entre-temps, il a fait de fausses promesses de mariage à la pêcheuse Thisbée et à la paysanne Aminte, afin d'obtenir leurs faveurs. Le voici au dernier acte accompagné de son valet Catherinon. L'étau se resserre, mais Don Juan montre toujours la même insouciance.

Dans le cloître ou la nef d'une église de Séville.

Entrent don Juan et Catalinón.

CATALINÓN

Tout est bouclé.

DON JUAN

Comment ?

CATALINÓN

Eh bien, il y a qu'Octavio est maintenant au courant de ta trahison d'Italie, et que la Mota, que tu as offensé, se plaint justement de toi. Il dit que le message de sa cousine que tu lui donnas était faux et déguisé, et que, grâce à sa cape, tu as exécuté la traîtrise qui l'a marqué d'infamie. On dit qu'Isabella arrive pour que tu l'épouses et on dit…

DON JUAN

Tais-toi !

CATALINÓN

Aïe, ma bouche ! Tu m'as cassé une dent !

DON JUAN

Bavard ! Qui donc t'a révélé tant de sottises à la fois ?

CATALINÓN

Ce sont des vérités.

DON JUAN

Je ne demande pas si ce sont des vérités. Et quand Octavio voudrait me tuer, suis-je mort ? N'ai-je pas deux mains moi aussi ? Où m'as-tu trouvé un logement ?

CATALINÓN

Dans une rue écartée.

DON JUAN

C'est bien.

CATALINÓN

L'église est un lieu d'asile.

DON JUAN

Oh ! Qu'en plein jour on m'y donne la mort… As-tu vu le marié de Dos Hermanas ?

CATALINÓN

Je l'ai vu, lui aussi, anxieux et triste.

DON JUAN

Aminta avant deux semaines ne doit pas découvrir la bonne farce.

CATALINÓN

Elle est si abusée qu'elle se fait appeler doña Aminta !

DON JUAN

Quelle belle tromperie !

CATALINÓN

Plaisante et rapidement menée, mais qu'elle pleurera jusqu'à la mort.

On découvre un sépulcre, qui est celui de don Gonzalo de Ulloa.

DON JUAN

Quel sépulcre est-ce là ?

CATALINÓN

Ici est enterré don Gonzalo.

DON JUAN

C'est celui que j'ai tué ! On lui a fait un grand sépulcre !

CATALINÓN

Le roi l'a ordonné ainsi. Que dit l'inscription ?

DON JUAN

« C'est ici que le chevalier le plus loyal attend du Seigneur d'être vengé d'un traître. » La sentence me fait bien rire. *(Il prend la statue par la barbe.)* Alors, vous voulez vous venger, brave vieux, barbe de pierre ?

CATALINÓN

Tu ne pourras pas l'épiler, sa barbe est trop dure.

DON JUAN

Cette nuit, je vous attends pour dîner, à mon auberge. Là, nous nous défierons, si la vengeance vous agrée. Mais nous pourrons mal nous battre si votre épée est de pierre.

CATALINÓN

Monsieur, maintenant, il fait nuit, retirons-nous.

DON JUAN

Cette vengeance a été longue à venir. Si vous désirez la tirer, il importe de ne pas être endormi. Si vous attendez d'être vengé par ma mort, il faut que vous perdiez maintenant tout espoir, car votre courroux et votre vengeance me laissent un bien long répit.

Ils sortent.

MOLIÈRE (1622-1673)

Dom Juan ou le Festin de pierre (1665)

(« Folio classique », nº 3229)

Cette courte scène fait immédiatement suite à une longue discussion entre Dom Juan et Sganarelle sur le thème de la croyance. Dom Juan est déguisé pour échapper à ses poursuivants, et les deux personnages sont égarés dans une forêt, à proximité du mausolée du Commandeur, tué par le héros. Le pauvre, visiblement un ermite, fait une apparition furtive dans l'œuvre, mais cette scène fit scandale à l'époque et demeure une des plus célèbres de la pièce. C'est à la fin de cet acte que Dom Juan fait sa première rencontre avec la statue.

DOM JUAN, SGANARELLE, UN PAUVRE.

SGANARELLE : Enseignez-nous un peu le chemin qui mène à la ville.

LE PAUVRE : Vous n'avez qu'à suivre cette route, Messieurs, et détourner à main droite quand vous serez au bout de la forêt. Mais je vous donne avis que vous devez vous tenir sur vos gardes, et que depuis quelque temps il y a des voleurs ici autour.

DOM JUAN : Je te suis bien obligé, mon ami, et je te rends grâce de tout mon cœur.

LE PAUVRE : Si vous vouliez, Monsieur, me secourir de quelque aumône ?

DOM JUAN : Ah ! ah ! ton avis est intéressé, à ce que je vois.

LE PAUVRE : Je suis un pauvre homme, Monsieur, retiré

tout seul dans ce bois depuis dix ans, et je ne manquerai pas de prier le Ciel qu'il vous donne toute sorte de biens.

DOM JUAN : Eh, prie-le qu'il te donne un habit, sans te mettre en peine des affaires des autres.

SGANARELLE : Vous ne connaissez pas Monsieur, bonhomme ; il ne croit qu'en deux et deux sont quatre, et en quatre et quatre sont huit.

DOM JUAN : Quelle est ton occupation parmi ces arbres ?

LE PAUVRE : De prier le Ciel tout le jour pour la prospérité des gens de bien qui me donnent quelque chose.

DOM JUAN : Il ne se peut donc pas que tu ne sois bien à ton aise ?

LE PAUVRE : Hélas ! Monsieur, je suis dans la plus grande nécessité du monde.

DOM JUAN : Tu te moques : un homme qui prie le Ciel tout le jour ne peut pas manquer d'être bien dans ses affaires.

LE PAUVRE : Je vous assure, Monsieur, que le plus souvent je n'ai pas un morceau de pain à mettre sous les dents.

DOM JUAN : Voilà qui est étrange, et tu es bien mal reconnu de tes soins. Ah ! Ah ! je m'en vais te donner un louis d'or tout à l'heure, pourvu que tu veuilles jurer.

LE PAUVRE : Ah, Monsieur, voudriez-vous que je commisse un tel péché ?

DOM JUAN : Tu n'as qu'à voir si tu veux gagner un louis d'or ou non. En voici un que je te donne si tu jures ; tiens, il faut jurer.

LE PAUVRE : Monsieur !

DOM JUAN : À moins de cela, tu ne l'auras pas.

SGANARELLE : Va, va, jure un peu, il n'y a pas de mal.

DOM JUAN : Prends, le voilà ; prends, te dis-je, mais jure donc.

LE PAUVRE : Non, Monsieur, j'aime mieux mourir de faim.

DOM JUAN : Va, va, je te le donne pour l'amour de l'humanité. Mais que vois-je là ? un homme attaqué par trois autres ? La partie est trop inégale, et je ne dois pas souffrir cette lâcheté.

Il court au lieu du combat.

(Acte III, scène 2)

Alexandre POUCHKINE (1799-1837)

Le Convive de pierre (1830)

(trad. de Louis Martinez, Poésie / Gallimard)

Dans cette courte étude dramatique, le poète russe concentre l'action autour de quelques personnages. Don Juan est de retour à Madrid, après un exil forcé causé par le meurtre du Commandeur. Il recherche les plaisirs, mais ne tarde pas à délaisser la prostituée Laura, pour conquérir Doña Anna, veuve du Commandeur. Il se déguise en moine pour pouvoir l'approcher tandis qu'elle se rend sur la tombe de son époux.

DOM JUAN, DOÑA ANNA

Le mausolée du Commandeur

DOM JUAN

On ne peut mieux. Ayant par mégarde tué
don Carlos, et caché sous le froc
d'un humble ermite, je revois chaque jour
ma charmante veuve, et j'en suis
remarqué, semble-t-il. Jusqu'ici
nous avons fait tous deux des embarras,
mais aujourd'hui, je délierai ma langue.
Il est temps. Comment débuter : « Oserais-je ? »
Non. « Señora ? »... Bah !... Tout ce qui me passera
par la tête, je le dirai sans préparation,
improvisant mon chant d'amour...
Elle devrait arriver. Le Commandeur, sans elle,
doit s'ennuyer, c'est évident.

Voyez-moi le colosse ici représenté !
Voyez-moi la carrure, on dirait un Hercule !
Or le défunt était tout petit, tout malingre
et aurait eu du mal, sur la pointe des pieds,
à toucher de la main le nez de sa statue.
Lors de notre rencontre, au pied de l'Escurial,
il se jeta sur mon épée et y resta fiché
comme un papillon à l'épingle.
Par ailleurs fier et brave, et d'un esprit austère…
Ah ! La voici.

DOÑA ANNA

Le revoici. Mon père,
je vous distrais dans vos méditations.
Pardon.

DOM JUAN

Non, c'est à moi de demander pardon,
Señora, il se peut que ma présence gêne
la libre effusion de votre chagrin.

DOÑA ANNA

Non, père, le chagrin est au fond de mon cœur
et ma prière peut, même en votre présence,
s'élever humblement vers le ciel. Je vous prie
d'unir en oraison votre voix à la mienne.

DOM JUAN

Moi, prier avec vous, doña Anna ?
Je suis indigne d'un tel sort.
Je n'oserais, de lèvres pécheresses
répéter vos saintes prières.
C'est de loin, tout au plus, que très dévotement
j'ose vous regarder, tandis que, vous penchant,
vous répandez votre chevelure noire sur le marbre
livide et je crois alors voir un ange
qui vénère en grand secret la tombe,
mon cœur alors troublé est incapable
de prier. Et j'admire, en silence,

et je me dis : heureux celui dont le marbre froid
est réchauffé par ce souffle céleste
et arrosé de ces larmes d'amour…

DOÑA ANNA

Vos propos sont… étranges

DOM JUAN

Señora…

DOÑA ANNA

Il me… vous oubliez…

DOM JUAN

Quoi ? Que je ne suis
qu'un moine indigne ? Que ma voix de pécheur
ne devrait pas ici sonner si haut ?

DOÑA ANNA

Il m'a semblé… Me serais-je trompée…

DOM JUAN

Ah ! je le vois : vous avez deviné !

DOÑA ANNA

Deviné quoi ?

DOM JUAN

Que je ne suis pas moine.
J'implore à vos pieds mon pardon.

DOÑA ANNA

Mon Dieu ! Relevez-vous. Qui êtes-vous ?

DOM JUAN

Un malheureux mourant de passion sans espoir.

DOÑA ANNA

Mon Dieu ! Ici, et devant ce tombeau !
Éloignez-vous.

DOM JUAN

Juste un moment, doña Anna.
Un seul moment.

DOÑA ANNA

Et si l'on vient ?

DOM JUAN

La grille est verrouillée. Un seul moment !

DOÑA ANNA

Allons, qu'exigez-vous de moi ?

DOM JUAN

La mort.
Ô mourir, maintenant à vos pieds,
pour qu'ici même on enterre mes cendres,
non près de la dépouille qui vous est si chère,
pas ici. Mais plus loin. N'importe où,
près de la porte, là, sur le seuil même,
pour que vos pieds légers, que votre robe
effleurent en passant la dalle
quand vous viendrez revoir cet orgueilleux tombeau
pour y pleurer, cachée par vos cheveux…

DOÑA ANNA

Vous perdez l'esprit.

DOM JUAN

Pourquoi ? Désirer
la mort est-il un signe de folie ?
Si j'étais fou, mais je voudrais
rester vivant, j'aurais l'espoir
de vous toucher par ma tendresse !
Si j'étais fou, mais chaque nuit
je resterais sous vos fenêtres
troublant votre sommeil avec mes sérénades.
Bien loin de me dissimuler
je tâcherais d'attirer vos regards.

Si j'étais fou, mais je ne pourrais pas
souffrir ainsi en silence…

DOÑA ANNA

Parce que c'est là
se taire ?

DOM JUAN

Un hasard, doña Anna,
m'a sollicité. Et sans lui,
jamais vous n'auriez su mon secret déplorable.

DOÑA ANNA

Et vous m'aimez depuis longtemps ?

DOM JUAN

Longtemps ou non, je n'en sais rien,
mais depuis lors je connais bien le prix
de la vie éphémère et depuis lors
je comprends le mot de bonheur.

DOÑA ANNA

Éloignez-vous. Vous êtes dangereux.

DOM JUAN

Dangereux, moi ?

DOÑA ANNA

J'ai peur de vous entendre.

DOM JUAN

Je me tairai. Mais ne me chassez pas,
moi dont la joie est de vous voir.
Je ne nourris nul espoir insolent
Et je n'exige rien que de vous voir,
je dois vous voir si je suis condamné
à vivre.

DOÑA ANNA

Éloignez-vous. Cet endroit n'est propice
ni à de tels discours ni à tant de folies.
Venez demain chez moi. Et si vous me jurez
de vous montrer aussi respectueux,
je vous recevrai… sur le tard… oui, le soir.
Je vis en recluse depuis le jour
de mon veuvage.

DOM JUAN

Angélique doña Anna ?
Dieu vous console, tout de même qu'aujourd'hui
vous avez consolé le martyr que je suis.

DOÑA ANNA

Éloignez-vous.

DOM JUAN

Un seul instant.

DOÑA ANNA

Il me faut repartir… Aussi bien n'ai-je plus
le cœur à la prière. Vous m'avez distraite
par des propos mondains, dont mes oreilles
se sont depuis longtemps déshabituées.
Je vous verrai demain.

DOM JUAN

Je n'ose encore y croire,
Je n'ose me livrer entièrement à mon bonheur…
Je vous verrai demain ! En d'autres lieux qu'ici,
sans me cacher !

DOÑA ANNA

Oui, c'est cela, demain.
Votre nom ?

DOM JUAN

Diego de Calvado.

DOÑA ANNA

Adieu donc, don Diego.

(Elle sort)

(Scène III)

Honoré de BALZAC (1799-1850)

L'Élixir de longue vie (1830)

(« Folioplus classiques », n° 153)

Dans ce conte fantastique et macabre, Balzac met moins l'accent sur les conquêtes féminines du personnage que sur sa rencontre avec la mort. Sur le point de mourir, le père de don Juan Belvidéro confie à son fils un élixir dont celui-ci doit oindre son cadavre afin de lui redonner vie. Don Juan ne remplit pas sa mission, épouse la pieuse doña Elvire, et mène une vie dissolue, tout en surveillant sa femme et son confesseur, l'abbé de San-Lucar. À l'approche de la mort, il donne à son tour le flacon à son propre fils, avec les mêmes instructions. À peine ce dernier a-t-il appliqué l'élixir sur le visage et le bras droit de don Juan, qu'il lâche la fiole, effrayé par l'effet magique de la lotion. Tout le monde accourt, émerveillé par le miracle de ce corps à demi ressuscité, et l'on transporte don Juan à l'église pour préparer sa béatification…

Le corps de l'impie étincelait de pierreries, de fleurs, de cristaux, de diamants, d'or, de plumes aussi blanches que les ailes d'un séraphin, et remplaçait sur l'autel un tableau du Christ. Autour de lui brillaient des cierges nombreux qui élançaient dans les airs de flamboyantes ondes. Le bon abbé de San-Lucar, paré des habits pontificaux, ayant sa mitre enrichie de pierres précieuses, son rochet, sa crosse d'or, siégeait, roi du chœur, sur un fauteuil d'un luxe impérial, au milieu de tout son clergé, composé d'impassibles vieillards en cheveux argentés, revêtus d'aubes fines, et qui l'entouraient, semblables aux saints confesseurs que les peintres groupent autour de l'Éternel. Le Grand-Chantre et les dignitaires du chapitre, décorés des brillants insignes de leurs vanités ecclésiastiques, allaient et venaient au sein des nuages formés par l'encens, pareils aux astres qui roulent sur le firmament. Quand l'heure du triomphe fut venue, les cloches réveillèrent les échos de la campagne, et cette immense assemblée jeta vers Dieu le premier cri de louanges par lequel commence le *Te Deum.* Cri sublime ! C'étaient des voix pures et légères, des voix de femmes en extase, mêlées aux voix graves et fortes des hommes, des milliers de voix si puissantes que l'orgue n'en domina pas l'ensemble, malgré le mugissement de ses tuyaux. Seulement les notes perçantes de la jeune voix des enfants de chœur et les larges accents de quelques basses-tailles suscitèrent des idées gracieuses, peignirent l'enfance et la force, dans ce ravissant concert de voix humaines confondues en sentiment d'amour.

Te Deum laudamus !

Du sein de cette cathédrale noire de femmes et d'hommes agenouillés, ce chant partit semblable à une lumière qui scintille tout à coup dans la nuit, et le silence fut rompu comme par un coup de tonnerre. Les voix montèrent avec les nuages d'encens qui jetaient alors des voiles diaphanes et bleuâtres sur les fantastiques merveilles de l'architecture. Tout était richesse, parfum, lumière et mélodie. Au moment où cette musique d'amour et de reconnaissance s'élança vers l'autel, don Juan, trop poli pour ne pas remercier, trop spirituel pour ne pas entendre raillerie, répondit par un rire effrayant, et se prélassa dans sa châsse. Mais le diable l'ayant fait penser à la chance qu'il courait d'être pris pour un homme ordinaire, pour un saint, un Boniface, un Pantaléon, il troubla cette mélodie d'amour par un hurlement auquel se joignirent les mille voix de l'enfer. La terre bénissait, le ciel maudissait. L'église en trembla sur ses fondements antiques.

« *Te Deum laudamus !* disait l'assemblée.

— Allez à tous les diables, bêtes brutes que vous êtes !

Dieu, Dieu ! *Carajos demonios*, animaux, êtes-vous stupides avec votre Dieu-vieillard ! »

Et un torrent d'imprécations se déroula comme un ruisseau de laves brûlantes par une éruption du Vésuve.

« *Deus sabaoth ! sabaoth !* crièrent les chrétiens.

— Vous insultez la majesté de l'enfer ! » répondit don Juan dont la bouche grinçait des dents.

Bientôt le bras vivant put passer par-dessus la châsse, et menaça l'assemblée par des gestes empreints de désespoir et d'ironie.

« Le saint nous bénit », dirent les vieilles femmes, les enfants et les fiancés, gens crédules.

Voilà comment nous sommes souvent trompés dans nos adorations. L'homme supérieur se moque de ceux qui le complimentent, et complimente quelquefois ceux dont il se moque au fond du cœur.

Au moment où l'abbé, prosterné devant l'autel, chantait : *Sancte Johannes, ora pro nobis !* il entendit assez distinctement : *O coglione.*

« Que se passe-t-il donc là-haut ? s'écria le sous-prieur en voyant la châsse remuer.

— Le saint fait le diable », répondit l'abbé.

Alors cette tête vivante se détacha violemment du corps qui ne vivait plus et tomba sur le crâne jaune de l'officiant.

« Souviens-toi de doña Elvire », cria la tête en dévorant celle de l'abbé.

Ce dernier jeta un cri affreux qui troubla la cérémonie. Tous les prêtres accoururent et entourèrent leur souverain.

« Imbécile, dis donc qu'il y a un Dieu ? » cria la voix au moment où l'abbé, mordu dans sa cervelle, allait expirer.

Patrice CHÉREAU (1944-2013)

Commentaire sur la mise en scène de Dom Juan

(*L'Avant-scène*, 1976 ; cité par Jean Rousset dans *Le Mythe de Don Juan*, Armand Colin, 1978)

Patrice Chéreau décrit les décors de la mise en scène qu'il a créée en 1969 pour la pièce de Molière. Cette scénographie présente un Dom Juan libertin et libertaire, rejeté par sa classe, en butte à l'oppression de l'État et de l'Église.

… Sur le ciel d'hiver se détacheront les lourdes pièces d'une machinerie primitive : des ouvriers la serviront en permanence et pratiqueront suivant l'heure du jour les travaux de force de cette machine à tuer les libertins, ou le petit artisanat du tonnerre et des nuages à faire naître à volonté. Ce sont les machines qui feront apparaître les automates qui liquideront l'opposition libertine et présenteront alternativement deux lieux opposés : la ferme abandonnée où Dom Juan, coupé de sa classe, privé de toute possession personnelle et de toute puissance politique, mène son aventure individuelle, et le mausolée du Commandeur, un chantier où, pour l'édification de tous, se dressent tout neufs les signes tangibles d'une chrétienté triomphante, une politique de grandeur du bâtiment religieux, couvert de statues souffrant d'une souffrance toute chrétienne et qui ne pourront manquer de faire rire Dom Juan.
Le mouvement de la machine racontera le temps qui s'écoule. Dom Juan, en tant qu'il pratique l'art de vivre, organise sa journée avec méthode. Des moments de qualité sont à inventer en permanence : c'est au lever du jour que Dom Juan pratiquera l'art difficile de la rupture en amour entre les plaisirs de l'eau froide, du petit déjeuner et de la lecture. En plein midi, il conduira son désir, agressera dans l'après-midi plu-

sieurs personnes qui vivent en contradiction avec leur morale, rêvera de tuer son père au soir de la journée, pratiquera la ruse le lendemain matin, et mourra à midi parce que l'auteur manquait d'arguments et qu'il fallait en finir.

Chronologie

Prosper Mérimée, Jules Barbey d'Aurevilly et leur temps

1.

Les années de formation

1. *Les débuts précoces de Mérimée*

C'est dans un milieu artiste et savant que naît Prosper Mérimée le 28 septembre 1803, puisque son père est peintre et professeur de dessin, intéressé par des recherches sur les couleurs et la peinture à l'huile. Sa mère dessine aussi, et les deux parents sont imprégnés de l'esprit des Lumières. L'enfant grandit dans le quartier du Panthéon à Paris, où il fréquente le lycée Napoléon, futur lycée Henri-IV. À partir de 1819, il suit sans conviction des études de droit et commence très vite à pénétrer les salons mondains et surtout littéraires. Il y fait la connaissance en 1822 de Stendhal, dont il devient l'ami, mais fraye aussi avec toute une jeunesse romantique en ébullition : Delécluze, Delacroix, Nodier, Musset, Sainte-Beuve, David d'Angers… Il ne tarde pas à apporter sa contribution à la révolution esthétique du romantisme par une supercherie littéraire : une série de pièces de théâtre qu'il publie sous le pseudonyme féminin et espagnol de Clara Gazul, en 1825. Suit une période d'écriture particulièrement féconde qui le fait très vite reconnaître sur la scène littéraire. Il publie notamment, avec un certain succès, une nouvelle corse, *Mateo Falcone*, et un roman historique, *Chronique du règne de Charles IX*, en 1829. Bientôt il se rapproche du cercle de Victor Hugo, ce qui l'amène à participer au coup d'éclat de la première représentation d'*Hernani* en 1830 qui marque le triomphe du drame romantique sur la scène française.

2. *La jeunesse normande de Barbey*

Jules-Amédée Barbey aura plus de mal à s'introduire dans le milieu littéraire parisien. Il naît le 2 novembre 1808 à Saint-Sauveur-le-Vicomte, en Normandie, région qui servira de cadre à une grande partie de ses romans et nouvelles. Il grandit dans une famille de noblesse récente (par l'achat d'une charge en 1756), très catholique et attachée à l'Ancien Régime. Les histoires de chouannerie hantent son enfance et viendront plus tard enrichir son univers romanesque, notamment dans *L'Ensorcelée* et *Le Chevalier Des Touches*. Lorsqu'il entre au collège de Valogne, il quitte l'environnement austère du foyer parental pour vivre chez un oncle aux idées plus libérales, le docteur Pontas-Duméril. En 1827, il va poursuivre ses études secondaires au collège Stanislas à Paris, où il fait la connaissance de Maurice de Guérin, jeune poète avec lequel il se lie d'une amitié qui durera jusqu'à la mort de ce dernier en 1839. Muni de son baccalauréat, Barbey retourne en Normandie et part faire son droit à Caen, sous la pression de son père.

1802	Naissance de Victor Hugo.
1804	Couronnement de Napoléon Ier. Début du Premier Empire.
1808	Goethe, *Faust.*
1813	Mme de Staël, *De l'Allemagne.*
1814	Abdication de Napoléon. Retour des Bourbons sur le trône de France (Louis XVIII, frère de Louis XVI).
1815	Les Cent-Jours. Défaite de Napoléon à Waterloo.
1817	Hoffmann, *L'Homme au sable.*
1819	Walter Scott, *Ivanhoé.* Géricault, *Le Radeau de la Méduse.*
1820	Lamartine, *Méditations poétiques.*
1824	Charles X succède à son frère Louis XVIII. Le régime de la Restauration prend une tournure de plus en plus réactionnaire.
1828	Delacroix, *La Mort de Sardanapale.* Première photographie, par Nicéphore Niepce.
1830	Victor Hugo, *Hernani.* Révolution de Juillet. Chute de Charles X et fin de la Restauration.

2.

Avec ou contre son temps ?

La période de la monarchie de Juillet souligne l'écart entre les deux hommes : alors que Mérimée se sent en parfait accord avec son époque, Barbey peine à trouver sa place et se radicalise progressivement dans une posture méprisante vis-à-vis de ses contemporains.

1. *Mérimée fait carrière*

Lorsqu'éclate la révolution de Juillet à Paris, Mérimée se trouve en Espagne, pays auquel il s'attache immédiatement, et qu'il visitera de nombreuses fois tout au long de sa vie. C'est à cette occasion qu'il découvre Séville et l'Andalousie, d'où il tirera la matière des *Âmes du purgatoire*, publiées dans la *Revue des Deux Mondes* en 1834. À son retour, ses idées libérales et son réseau d'amis lui permettent de trouver très vite sa place dans l'administration du régime de la monarchie libérale instauré par Louis-Philippe, qu'on appelle « le roi bourgeois ». D'abord nommé chef de cabinet du comte d'Argout, ministre du Commerce, puis de l'Intérieur, il accède par la suite au poste d'inspecteur général des Monuments historiques en 1834. Entre-temps, il a été fait chevalier de la Légion d'honneur.

Cette fonction, grâce à laquelle il se découvre une nouvelle vocation, l'amène régulièrement sur les routes de France (dont celles de Corse en 1839), afin de découvrir et répertorier le patrimoine architectural et d'entreprendre et surveiller la restauration des monuments en péril. Parallèlement, il fréquente assidûment les lieux de plaisir, tout en engageant des relations plus suivies avec diverses maîtresses, et même une relation épistolaire avec une admiratrice, Jenny Dacquin. La littérature le mobilise moins que dans ses jeunes années, mais c'est tout de même durant cette période qu'il publie ses œuvres les plus célèbres : *La Vénus d'Ille* en 1837, *Colomba* en 1840, et *Carmen* en 1845, l'année de son entrée à l'Académie française. La nouvelle est désormais son genre de prédilection.

2. *Barbey d'Aurevilly se lance laborieusement dans les lettres*

Pendant ce temps, Barbey traverse d'abord une période agitée à Caen, suite à une liaison malheureuse avec la femme de son cousin Alfred du Méril, qui lui inspire sa première nouvelle, *Le Cachet d'onyx*, en 1831. Il en publie une autre, *Léa*, dans *La Revue de Caen*, qu'il vient de fonder avec un nouvel ami, Guillaume-Stanislas Trébutien, libraire, bibliothécaire et traducteur érudit. La revue ne tarde pas à disparaître, et Barbey part s'installer à Paris grâce à un héritage qu'il dilapide rapidement, tout en maintenant une correspondance suivie avec son ami Trébutien. Il tente de se lancer dans le journalisme, avec difficulté, et publie un essai en 1845 : *Du dandysme et de George Brummell.* Il adopte lui-même une posture de dandy (qui le rapprochera quelques années plus tard de Baudelaire) avec une toilette raffinée, des tenues excentriques et un style de vie anticonformiste qui se veut à l'antipode des valeurs bourgeoises triomphant sous le règne de Louis-Philippe.

L'année 1846 marque un tournant dans sa vie. Il fréquente alors le salon de la baronne Amaulry de Maistre, nièce de Joseph de Maistre, penseur catholique et antirévolutionnaire qui exerce une grande influence sur lui. Il fonde avec quelques amis la Société catholique. Depuis dix ans déjà, il a adopté la particule nobiliaire d'Aurevilly, qu'il avait dans un premier temps abandonnée par conviction libérale.

1830	Révolution qui marque le début du règne de Louis-Philippe : monarchie de Juillet. Stendhal, *Le Rouge et le Noir*. Berlioz, *La Symphonie fantastique*.

1831 Delacroix, *La Liberté guidant le peuple.*
1832 Épidémie de choléra en France.
1834 Restrictions des libertés de la presse. Émeutes à Paris et à Lyon.
1836 Première ligne de chemin de fer française, entre Paris et Saint-Germain-en-Laye. Lancement du journal *La Presse* : début de la presse à bon marché, avec publicité et romans-feuilletons.
1840 Proudhon, *Qu'est-ce que la propriété ?*
1841 Balzac a l'idée de sa fresque romanesque, qu'il publiera sous le titre de *La Comédie humaine.*
1844-1850 Alexandre Dumas, *Les Trois Mousquetaires.*

3.

La consécration

1. *Mérimée, sénateur et courtisan*

Les émeutes de février 1848, qui aboutissent à la chute de la monarchie et à l'instauration de la IIe République, laissent Mérimée, cet ancien esprit libéral devenu conservateur, dubitatif. Les insurrections violentes de juin le jettent dans le camp des partisans de l'ordre. Lorsque Louis-Napoléon Bonaparte, d'abord élu président de la République, puis sacré empereur sous le nom de Napoléon III épouse Eugénie de Montijo, Mérimée devient même courtisan, du fait de sa proximité avec la famille de l'impératrice qu'il a connue quand elle avait quatre ans, lors de son premier voyage en Espagne. Délaissant la littérature, il partage son temps entre une Cour qui l'ennuie, les voyages, les travaux d'érudition et les nombreuses commissions auxquelles il est invité à participer. Les honneurs pleuvent : nomination au Sénat, promotion comme officier, puis commandeur, puis grand officier de la Légion d'honneur. Il consacre son écriture à des recherches historiques ou à la traduction d'auteurs russes, comme Pouchkine, Gogol, ainsi que son ami Tourgueniev. Il revient à la littérature à la fin de sa vie avec quelques nouvelles (*Lokis* en 1869, *Djoûmane* en 1870), et meurt le 23 septembre 1870. Le Second Empire vient de s'effondrer à Sedan.

2. *Barbey, « connétable des lettres »*

Pendant ces années où Mérimée s'efface de la scène littéraire, Barbey connaît une période d'intense production. Le retour à l'univers catholique et normand de sa jeunesse lui inspire plusieurs romans où l'on reconnaît parfois l'influence de Walter Scott : *Une vieille maîtresse* (1851), *L'Ensorcelée* (1854), *Le Chevalier Des Touches* (1864), *Un prêtre marié* (1865). Parallèlement, il mène une carrière de critique littéraire, avec un style radical et flamboyant qui fait de lui le juge implacable de ses collègues écrivains, parmi lesquels il se fait de nombreux ennemis. Il ne craint pas d'attaquer Victor Hugo lors de la publication des *Misérables* en 1862. Mais Prosper Mérimée fait aussi l'objet de railleries, notamment de la part de Barbey dans ses *Quarante médaillons de l'Académie* (1863), où il brocarde allègrement la plupart des académiciens. Quoi qu'ils soient tous deux des nouvellistes émérites également intéressés par l'exploration des coins les plus obscurs de l'âme humaine, tout semble les opposer. Barbey reproche à Mérimée sa sécheresse de style et son pessimisme : contrairement à ce dernier, d'Aurevilly cherche dans l'Enfer un reflet du Ciel, et dans le mal une expérience de la transcendance.

Dès 1850, Barbey publie une nouvelle, *Le Dessous de cartes d'une partie de whist*, qui prendra place quelques années plus tard dans un recueil dont le titre projeté est *Ricochets de conversation*, avant de devenir *Les Diaboliques*. Il y travaille tout au long des années 1860, et *Le Plus Bel Amour de Don Juan* est la deuxième nouvelle de l'ensemble à être publiée, en 1867. Barbey suscite régulièrement la polémique par ses articles ou la publication de ses œuvres. *Le Charivari*, journal satirique à tendance libérale, raille le caractère immoral de cet écrivain catholique à l'occasion de la publication des *Diaboliques* en 1874. L'auteur est alors menacé par la justice d'un procès pour atteinte à la moralité publique et aux bonnes mœurs. Il obtient un non-lieu, mais l'ouvrage est retiré de la vente et ne connaîtra pas de nouvelle édition avant 1883. Cependant, il est reconnu comme un maître par certains écrivains de la génération montante comme Léon Bloy, Daudet, Jules Vallès ou Huysmans. Il publie encore *Une histoire sans nom* en 1882 et réunit ses articles dans un recueil intitulé *Les Œuvres et les Hommes*, avant de mourir le 23 avril 1889.

1848	Révolution. Chute de Louis-Philippe. IIe République. Élection de Louis-Napoléon Bonaparte.
1850	Courbet, *Un enterrement à Ornans.*
1852	Début du Second Empire.
1857	Baudelaire : *Les Fleurs du mal.* Flaubert, *Madame Bovary.*
1869	Inauguration du canal de Suez dont la concession fut négociée par Ferdinand de Lesseps, en présence de l'impératrice Eugénie.
1870	Guerre franco-prussienne. Chute du Second Empire. Début de la IIIe République.
1871	Commune de Paris.
1872	Monet, *Impression, soleil levant.*

1876 Invention du téléphone.
1877 Zola, *L'Assommoir.*
1880-1882 Lois de Jules Ferry sur l'école laïque, gratuite et obligatoire.
1885 Maupassant, *Bel-Ami.*
1889 Construction de la tour Eiffel pour l'Exposition universelle.

Éléments pour une fiche de lecture

Regarder le tableau

- Combien y a-t-il de personnages représentés et combien d'êtres vivants ?
- Dites ce que, selon vous, chacun regarde.
- Imaginez où le peintre a posé sa toile (distance par rapport aux personnages, en plongée, en contre-plongée, à la même hauteur…).
- D'après les éléments que vous distinguez, précisez à quelle saison se passe cette scène, à quelle heure de la journée et dans quel type de lieu (ville ou campagne).
- Vous êtes un des personnages du tableau : lequel et pourquoi ?

Le personnage de Don Juan

- Comparer le Don Juan de Barbey d'Aurevilly et celui de Mérimée. Qu'ont-ils de commun ? En quoi se distinguent-ils malgré tout ?
- En quoi l'enfance de Don Juan est-elle déterminante dans son évolution chez Mérimée ?
- Quel rôle joue don Garcia auprès de don Juan de Maraña dans le récit de Mérimée ?

- Que veut dire le narrateur de la nouvelle de Barbey d'Aurevilly lorsqu'il présente Don Juan/Ravila comme un « rude spiritualiste » ? Comment cela se vérifie-t-il dans l'ensemble du récit ?

Les femmes

- Les personnages féminins ont-ils la même image dans les deux nouvelles ?
- Quel rapport Don Juan / Ravila entretient-il avec ses maîtresses dans *Le Plus Bel Amour de Don Juan* ?
- En quoi le personnage de la « petite masque » peut-il paraître mystérieux et ambigu ?
- Pourquoi, selon vous, Don Juan la considère-t-il comme son plus bel amour ?

La mort

- La mort a-t-elle une place comparable dans les deux récits ?
- Quel est le rôle du tableau représentant les âmes du purgatoire dans la nouvelle de Mérimée ?
- Pourquoi la scène des funérailles est-elle si importante dans *Les Âmes du purgatoire* ?
- En quoi la vieillesse de Don Juan apporte-t-elle une dimension particulière au personnage dans la nouvelle de Barbey d'Aurevilly ?

Le sacrilège

- Quelle place occupe le thème de la religion dans les deux récits ?
- Citez quelques passages mettant en scène des actes sacrilèges ou des paroles blasphématoires dans les

deux nouvelles. Relevez les commentaires éventuels du narrateur, ainsi que les réactions d'autres personnages (soyez attentif en particulier aux indices de jugements et de sentiments).

Questions sur le groupement de textes (p. 157)

- Classez les cinq textes selon qu'ils appartiennent au genre théâtral, narratif ou argumentatif.
- Dans quelle mesure peut-on dire que les quatre premiers textes présentent une scène de transgression ? De quel ordre est cette transgression ?
- Montrez l'importance du décor, de l'environnent de la scène dans chacun des textes.
- Observez le personnage de Don Juan tel qu'il apparaît à travers ces différents textes. Son image est-elle exactement la même ?
- Lequel de ces textes vous paraît proposer la vision la plus intéressante du personnage de Don Juan ? Vous justifierez votre réponse par un développement argumentatif (environ une page).

Collège

Combats du 20e siècle en poésie (anthologie) (161)
Fabliaux (textes choisis) (37)
Gilgamesh et Hercule (217)
La Bible (textes choisis) (49)
La Farce de Maître Pathelin (146)
La poésie sous toutes ses formes (anthologie) (253)
Le Livre d'Esther (249)
Les Quatre Fils Aymon (208)
Les récits de voyage (anthologie) (144)
Mère et fille (Correspondances de Mme de Sévigné, George Sand, Sido et Colette) (anthologie) (112)
Poèmes à apprendre par cœur (anthologie) (191)
Poèmes pour émouvoir (anthologie) (225)
Schéhérazade et Aladin (192)
ALAIN-FOURNIER, *Le grand Meaulnes* (174)
Jean ANOUILH, *Le Bal des voleurs* (113)
Jean ANOUILH, *Le Voyageur sans bagage* (269)
Marcel AYMÉ, *Les contes du chat perché* (6 contes choisis) (268)
Marcel AYMÉ, Ray BRADBURY, Dino BUZZATI, *3 nouvelles sur le temps* (240)
Honoré de BALZAC, *L'Élixir de longue vie* (153)
Henri BARBUSSE, *Le Feu* (91)
Joseph BÉDIER, *Le Roman de Tristan et Iseut* (178)
Henri BOSCO, *L'Enfant et la Rivière* (272)
John BOYNE, *Le Garçon au pyjama rayé* (279)
Lewis CARROLL, *Les Aventures d'Alice au pays des merveilles* (162)
Blaise CENDRARS, *Faire un prisonnier* (235)
Samuel de CHAMPLAIN, *Voyages au Canada* (198)

DANS LA MÊME COLLECTION

CHRÉTIEN DE TROYES, *Le Chevalier au Lion* (2)
CHRÉTIEN DE TROYES, *Lancelot ou le Chevalier de la Charrette* (133)
CHRÉTIEN DE TROYES, *Perceval ou Le Conte du Graal* (195)
Jean COCTEAU, *Antigone* (280)
COLETTE, *Dialogues de bêtes* (36)
Joseph CONRAD, *L'Hôte secret* (135)
Pierre CORNEILLE, *Le Cid* (13)
Charles DICKENS, *Un chant de Noël* (216)
Roland DUBILLARD, *La Leçon de piano et autres diablogues* (160)
Alexandre DUMAS, *La Tulipe noire* (213)
ÉSOPE, Jean de LA FONTAINE, Jean ANOUILH, *50 Fables* (186)
Georges FEYDEAU, *Feu la mère de Madame* (188)
Georges FEYDEAU, *Un fil à la patte* (226)
Gustave FLAUBERT, *Trois Contes* (6)
Romain GARY, *La promesse de l'aube* (169)
Théophile GAUTIER, *3 contes fantastiques* (214)
Jean GIONO, *L'Homme qui plantait des arbres + Écrire la nature* (anthologie) (134)
Nicolas GOGOL, *Le Nez. Le Manteau* (187)
Jacob et Wilhelm GRIMM, *Contes* (textes choisis) (72)
Ernest HEMINGWAY, *Le vieil homme et la mer* (63)
HOMÈRE, *Odyssée* (18)
HOMÈRE, *Iliade* (textes choisis) (265)
Victor HUGO, *Claude Gueux* suivi de *La Chute* (15)
Victor HUGO, *Jean Valjean (Un parcours autour des Misé*rables*)* (117)
Victor HUGO, *L'Intervention* (236)
Thierry JONQUET, *La Vie de ma mère !* (106)
Charles JULIET, *L'Année de l'éveil* (243)

DANS LA MÊME COLLECTION

Joseph KESSEL, *Le Lion* (30)
Jean de LA FONTAINE, *Fables* (34)
Maurice LEBLANC, *Arsène Lupin, gentleman-cambrioleur* (252)
J. M. G. LE CLÉZIO, *Mondo et autres histoires* (67)
Gaston LEROUX, *Le Mystère de la chambre jaune* (4)
Jack LONDON, *Loup brun* (210)
Guy de MAUPASSANT, *9 nouvelles légères* (251)
Guy de MAUPASSANT, *12 contes réalistes* (42)
Guy de MAUPASSANT, *Boule de suif* (103)
MOLIÈRE, *Les Fourberies de Scapin* (3)
MOLIÈRE, *Le Médecin malgré lui* (20)
MOLIÈRE, *Trois courtes pièces* (26)
MOLIÈRE, *L'Avare* (41)
MOLIÈRE, *Les Précieuses ridicules* (163)
MOLIÈRE, *Le Sicilien ou l'Amour peintre* (203)
MOLIÈRE, *George Dandin ou Le Mari confondu* (218)
MOLIÈRE, *Le Malade imaginaire* (227)
Alfred de MUSSET, *Fantasio* (182)
Alfred de MUSSET, *Les Caprices de Marianne* (245)
George ORWELL, *La Ferme des animaux* (94)
OVIDE, *Les Métamorphoses* (231)
Amos OZ, *Soudain dans la forêt profonde* (196)
Louis PERGAUD, *La Guerre des boutons* (65)
Charles PERRAULT, *Contes de ma Mère l'Oye* (9)
Edgar Allan POE, *6 nouvelles fantastiques* (164)
Alexandre POUCHKINE, *La Dame de pique* (267)
Jacques PRÉVERT, *Paroles* (29)
Jules RENARD, *Poil de Carotte* (66)
Jules RENARD, *Poil de Carotte (Comédie en un acte)* (261)
J.-H. ROSNY AÎNÉ, *La guerre du feu* (254)
Antoine de SAINT-EXUPÉRY, *Vol de nuit* (114)

Lycée

Série Classiques

DANS LA MÊME COLLECTION

La poésie symboliste (anthologie) (266)
Les grands manifestes littéraires (anthologie) (175)
Le sonnet (anthologie) (46)
Le Sport, miroir de la société ? (anthologie) (221)
L'intellectuel engagé (anthologie) (219)
Nouvelles formes du récit. Anthologie de textes des 50 dernières années (248)
Paroles, échanges, conversations, et révolution numérique (textes choisis) (237)
Guillaume APOLLINAIRE, *Alcools* (238)
Honoré de BALZAC, *La Peau de chagrin + Ces objets qui nous envahissent… Objets cultes, culte des objets* (anthologie) (11)
Honoré de BALZAC, *La Duchesse de Langeais* (127)
Honoré de BALZAC, *Le roman de Vautrin* (Textes choisis dans *La Comédie humaine*) (183)
Honoré de BALZAC, *Le Père Goriot* (204)
Honoré de BALZAC, *La Recherche de l'Absolu* (224)
René BARJAVEL, *Ravage* (95)
Charles BAUDELAIRE, *Les Fleurs du Mal* (17)
Charles BAUDELAIRE, *Le Spleen de Paris* (242)
BEAUMARCHAIS, *Le Mariage de Figaro* (128)
BEAUMARCHAIS, *Le Barbier de Séville* (273)
Jacques-Henri BERNARDIN DE SAINT-PIERRE, *Paul et Virginie* (244)
Aloysius BERTRAND, *Gaspard de la Nuit* (207)
André BRETON, *Nadja* (107)
Albert CAMUS, *L'Étranger* (40)
Albert CAMUS, *La Peste* (119)
Albert CAMUS, *La Chute* (125)
Albert CAMUS, *Les Justes* (185)
Albert CAMUS, *Caligula* (233)

DANS LA MÊME COLLECTION

Albert CAMUS, *L'Envers et l'endroit* (247)
Emmanuel CARRÈRE, *La Moustache* (271)
Louis-Ferdinand CÉLINE, *Voyage au bout de la nuit* (60)
René CHAR, *Feuillets d'Hypnos* (99)
François-René de CHATEAUBRIAND, *Mémoires d'outre-tombe* (Livres IX à XII) (118)
Pierre CHODERLOS DE LACLOS, *Les Liaisons dangereuses* (5)
Driss CHRAÏBI, *La Civilisation, ma Mère !...* (165)
Paul CLAUDEL, *L'Échange* (229)
Albert COHEN, *Le Livre de ma mère* (45)
Benjamin CONSTANT, *Adolphe* (92)
Pierre CORNEILLE, *Le Menteur* (57)
Pierre CORNEILLE, *Cinna* (197)
Marceline DESBORDES-VALMORE, *Poésies* (278)
Denis DIDEROT, *Paradoxe sur le comédien* (180)
Madame de DURAS, *Ourika* (189)
Marguerite DURAS, *Un barrage contre le Pacifique* (51)
Marguerite DURAS, *La douleur* (212)
Marguerite DURAS, *La Musica* (241)
Paul ÉLUARD, *Capitale de la douleur* (126)
Paul ÉLUARD, MAN RAY, *Les Mains libres* (256)
Annie ERNAUX, *La place* (61)
Marie FERRANTI, *La Princesse de Mantoue* (262)
Gustave FLAUBERT, *Madame Bovary* (33)
Gustave FLAUBERT, *Écrire* Madame Bovary *(Lettres, pages manuscrites, extraits)* (157)
André GIDE, *Les Faux-Monnayeurs* (120)
André GIDE, *La Symphonie pastorale* (150)
Victor HUGO, *Hernani* (152)
Victor HUGO, *Mangeront-ils ?* (190)
Victor HUGO, *Pauca meae* (209)

DANS LA MÊME COLLECTION

Eugène IONESCO, *Rhinocéros* (73)
Eugène IONESCO, *Macbett* (250)
Philippe JACCOTTET, *À la lumière d'hiver* (222)
Sébastien JAPRISOT, *Un long dimanche de fiançailles* (27)
Charles JULIET, *Lambeaux* (48)
Franz KAFKA, *Lettre au père* (184)
Eugène LABICHE, *L'Affaire de la rue de Lourcine* (98)
Eugène LABICHE, *La Dame aux jambes d'azur* (277)
Jean de LA BRUYÈRE, *Les Caractères* (24)
Madame de LAFAYETTE, *La Princesse de Clèves* (39)
Madame de LAFAYETTE, *La Princesse de Montpensier* (276)
LE SAGE, *Le Diable boiteux* (275)
Louis MALLE et Patrick MODIANO, *Lacombe Lucien* (147)
André MALRAUX, *La Condition humaine* (108)
MARIVAUX, *L'Île des Esclaves* (19)
MARIVAUX, *La Fausse Suivante* (75)
MARIVAUX, *La Dispute* (181)
Guy de MAUPASSANT, *Le Horla* (1)
Guy de MAUPASSANT, *Pierre et Jean* (43)
Guy de MAUPASSANT, *Bel-Ami* (211)
Guy de MAUPASSANT, *Une vie* (274)
Herman MELVILLE, *Bartleby le scribe* (201)
MOLIÈRE, *L'École des femmes* (25)
MOLIÈRE, *Le Tartuffe* (35)
MOLIÈRE, *L'Impromptu de Versailles* (58)
MOLIÈRE, *Amphitryon* (101)
MOLIÈRE, *Le Misanthrope* (205)
MOLIÈRE, *Les Femmes savantes* (223)
Michel de MONTAIGNE, *Des cannibales + La peur de l'autre* (anthologie) (143)
MONTESQUIEU, *Lettres persanes* (56)

SOPHOCLE, *Œdipe Roi + Le mythe d'Œdipe* (anthologie) (264)
STENDHAL, *La Chartreuse de Parme* (74)
STENDHAL, *Vanina Vanini et autres nouvelles* (200)
Michel TOURNIER, *Vendredi ou les limbes du Pacifique* (132)
Vincent VAN GOGH, *Lettres à Théo* (52)
VOLTAIRE, *Candide ou l'Optimisme* (7)
VOLTAIRE, *L'Ingénu* (31)
VOLTAIRE, *Micromégas* (69)
Émile ZOLA, *Thérèse Raquin* (16)
Émile ZOLA, *L'Assommoir* (140)
Émile ZOLA, *Au Bonheur des Dames* (232)
Émile ZOLA, *La Bête humaine* (239)
Émile ZOLA, *La Curée* (257)

Série Philosophie

Notions d'esthétique (anthologie) (110)
Notions d'éthique (anthologie) (171)
ALAIN, *44 Propos sur le bonheur* (105)
Hannah ARENDT, *La Crise de l'éducation* extrait de *La Crise de la culture* (89)
ARISTOTE, *Invitation à la philosophie (Protreptique)* (85)
Walter BENJAMIN, *L'œuvre d'art à l'époque de sa reproductibilité technique* (123)
Émile BENVENISTE, *La communication*, extrait de *Problèmes de linguistique générale* (158)
Albert CAMUS, *Réflexions sur la guillotine* (136)
René DESCARTES, *Méditations métaphysiques* – « 1, 2 et 3 » (77)
René DESCARTES, *Des passions en général*, extrait de *Les Passions de l'âme* (129)

DANS LA MÊME COLLECTION

René DESCARTES, *Discours de la méthode* (155)
Denis DIDEROT, *Le Rêve de d'Alembert* (139)
Émile DURKHEIM, *Les règles de la méthode sociologique* – « Préfaces, chapitres 1, 2 et 5 » (154)
ÉPICTÈTE, *Manuel* (173)
Michel FOUCAULT, *Droit de mort et pouvoir sur la vie*, extrait de *La Volonté de savoir* (79)
Sigmund FREUD, *Sur le rêve* (90)
Thomas HOBBES, *Léviathan* – « Chapitres 13 à 17 » (111)
David HUME, *Dialogues sur la religion naturelle* (172)
François JACOB, *Le programme* et *La structure visible*, extraits de *La logique du vivant* (176)
Emmanuel KANT, *Des principes de la raison pure pratique*, extrait de *Critique de la raison pratique* (87)
Emmanuel KANT, *Idée d'une histoire universelle au point de vue cosmopolitique* (166)
Étienne de LA BOÉTIE, *Discours de la servitude volontaire* (137)
G.W. LEIBNIZ, *Préface aux Nouveaux essais sur l'entendement humain* (130)
Claude LÉVI-STRAUSS, *Race et histoire* (104)
Nicolas MACHIAVEL, *Le Prince* (138)
Nicolas MALEBRANCHE, *La Recherche de la vérité* – « De l'imagination, 2 et 3 » (81)
Marc AURÈLE, *Pensées* – « Livres II à IV » (121)
Karl MARX, *Feuerbach. Conception matérialiste contre conception idéaliste* (167)
Maurice MERLEAU-PONTY, *L'Œil et l'Esprit* (84)
Maurice MERLEAU-PONTY, *Le cinéma et la nouvelle psychologie* (177)

DANS LA MÊME COLLECTION

John Stuart MILL, *De la liberté de pensée et de discussion*, extrait de *De la liberté* (122)

Friedrich NIETZSCHE, *La « faute », la « mauvaise conscience » et ce qui leur ressemble (Deuxième dissertation)*, extrait de *La Généalogie de la morale* (86)

Friedrich NIETZSCHE, *Vérité et mensonge au sens extra-moral* (139)

Blaise PASCAL, *Trois discours sur la condition des Grands* et six liasses extraites des *Pensées* (83)

PLATON, *La République* – « Livres 6 et 7 » (78)

PLATON, *Le Banquet* (109)

PLATON, *Apologie de Socrate* (124)

PLATON, *Gorgias* (159)

Jean-Jacques ROUSSEAU, *Discours sur l'origine et les fondements de l'inégalité parmi les hommes* (82)

SAINT AUGUSTIN, *La création du monde et le temps* – « Livre XI, extrait des *Confessions* » (88)

Baruch SPINOZA, *Lettres sur le mal* – « Correspondance avec Blyenbergh » (80)

Alexis de TOCQUEVILLE, *De la démocratie en Amérique I* – « Introduction, chapitres 6 et 7 de la deuxième partie » (97)

Simone WEIL, *Les Besoins de l'âme*, extrait de *L'Enracinement* (96)

Ludwig WITTGENSTEIN, *Conférence sur l'éthique* (131)

NOTES

NOTES

NOTES

NOTES

NOTES

NOTES

NOTES